LA CANNE

DE

CHARLES DUVAL.

MONTMARTRE. — IMP. PILLOY.

LA CANNE

DE

CHARLES DUVAL

Biographie historico-féerique

AVEC

UN PORTRAIT ET UN AUTOGRAPHE,

par

CLAUDE LECHERCHEUR,

Ex-rédacteur du *Parisien*.

PARIS

LIBRAIRIE D'ALPHONSE TARIDE

2, RUE DE MARENGO

Ancienne rue du Coq.

1857.

LA CANNE

DE

CHARLES DUVAL.

PROLOGUE

LA CANNE-PARAPLUIE.

Avez-vous déjà vu les boulevards un jour de pluie ?

Avez-vous remarqué cette foule effarée,

bruyante, ahurie qui se heurte, se presse
et qui se lance, qui dans les cafés, qui
dans les allées, sous les portes cochères,
chez les pâtissiers, envahissant les omni-
bus, interpellant les cochers, les priant au
besoin, parfois les brusquant ou les insul-
tant et enlevant les voitures d'assaut; et
ces chevilles coquettes, et ces jolis bas
blancs bien tirés, et ces mouvements de
petite colère féminine, et ces ombrelles
transformées en parapluie, et ces para-
pluies qui se retournent, menaçant d'enlever leurs propriétaires; et ces jolis mou-
choirs blancs, noués en fanchon sur les
fraîches capotes roses, et les brusqueries
des maris, et les complaisances des ga-
lants chercheurs d'aventures, et les pro-
positions les plus bouffonnes acceptées *à
cause de la pluie*, et les cris, et les rires,
et les cous de cygnes, et les coups de coudes, et les coups de vent, et les coups de

poing, et les coups d'œil, et les coups de chapeaux, etc., etc.

Chacun disparaît bientôt et l'affreux macadam, comme un lac de fange, demeure seul maître du champ de bataille...

Un des jours du mois de décembre dernier, une de ces vilaines pluies qui ne respectent ni les chapeaux neufs, ni les vieux habits, une de ces pluies folles et diluviennes, dis-je, me surprit à l'angle de la rue de Lancry.

Je m'élançai vivement dans une allée de la rue de Bondy, déjà remplie de monde.

J'étais le dix-septième. Hélas !

J'eus donc la malheureuse chance d'être le dernier arrivé et d'être placé à la porté et sous le coup des agaceries d'une gouttière trop aimable qui battait familièrement la mesure sur mes épaules, avec la régularité d'une pendule de l'illustre Detouche.

Je maudissais la gouttière et surtout la pluie, lorsque j'aperçus, en face de moi, traversant paisiblement la rue et fumant un cigare, un monsieur qui ne paraissait pas se douter de l'affreux temps qu'il faisait.

Je me pris de pitié pour ce monsieur et le priai de partager ma place pour se mettre à l'abri par un temps pareil.

— Je vous remercie infiniment, me dit-il, et vois que vous n'avez pas un mauvais cœur ; mais votre offre m'est tout à fait inutile, jeune homme, car je ne crains ni pluie, ni vent, ni grêle, ni neige, ni rien. Remarquez, suis-je mouillé ?

Je m'aperçus alors que ses vêtements étaient entièrement secs, je vis même un peu de poussière sur le collet de velours de sa redingote.

— En effet, répondis-je, pardonnez mon offre indiscrète, je vois que vous n'en avez nul besoin, ce qui, je vous l'avouerai, m'étonne infiniment.

La pluie tombait toujours à torrents et, depuis que je causais avec ce singulier personnage, je n'avais pas même reçu la moindre goutte d'eau.

— Ah! jeune homme, reprit gravement ce monsieur, si vous connaissiez l'histoire de cette canne (et il frappa le sol d'où jaillirent quelques étincelles) vous ne seriez plus étonné. Tenez, vous m'inspirez de l'amitié, venez avec moi et je satisferai la curiosité qui perce dans vos regards et sur tout votre visage.

Il passa son bras sous le mien et nous entrâmes au GRAND *Café Parisien*.

Les garçons, qui saluèrent respectueusement mon nouvel ami du nom de Charles Duval, m'apprirent que j'avais l'honneur d'être avec un des plus grands architectes de l'époque.

Je m'inclinai à mon tour et prêtai une oreille attentive à l'histoire de la fameuse canne.

A minuit, le récit était terminé.

Je rentrai à la maison, moitié enivré par le conte de Charles Duval et peut-être un peu aussi à cause des consommations successives qui prirent place sur notre petite table. Je me mis à mon bureau et jetai sur le papier les passages qui me frappèrent le plus ; le lecteur peut donc croire à la fidélité de mon récit qui, s'il lui semble peut-être exagéré, a pourtant tous ses côtés historiques.

———

CHAPITRE PRÈMIER.

SÉRIEUX MAIS COMIQUE.

Naissance de Charles Duval. — La fée Canebière. — La ferme des quatre Noix. —
Le petit magicien. — Le professeur de
géométrie.— Le conducteur des ponts et
chaussées. — Neufchâtel. — L'assaut de
danse. — La salle de théâtre. — La comédie bourgeoise. — La cavalcade. —
L'aumône de Charles Duval. — Charles
Duval frère ignorantin.—Retour à Beauvais.—Charles Duval part pour Paris.

CHAPITRE PREMIER.

SÉRIEUX MAIS COMIQUE.

Charles Duval est né le 5 juin 1800, dans la bonne ville de Beauvais.

Son père, brave architecte, lui fit un berceau comme un palais ; huit jours après sa naissance, il invita ses parents et ses amis à un grand repas.

On rit comme des fous, chacun prédit le plus brillant avenir au petit Charles, chacun but à sa santé et à celle de son père.

Mais tout à coup survint une vieille petite femme que personne ne connaissait et *qui n'avait pas été invitée*. On lui fit cependant un excellent accueil.

Cette vieille bonne femme mangea comme quatre, but comme dix. Au dessert, elle chanta l'air du *Val d'Andorre*, dansa une sarabande, puis, s'approchant du berceau de l'enfant, elle lui mit une petite paille de jonc entre les doigts, fit une révérence à la compagnie et disparut.

La famille Duval avait été visitée par la fée Canebière qui ne protège généralement que les Marseillais, mais qui était venue chercher des distractions dans l'Oise, pays des *loisirs*.

Les parents, tout surpris, regardèrent l'enfant comme un petit prodige et en eurent un soin religieux.

Mais le petit Charles, malgré la haute protection de la petite fée, ne grandissait pas beaucoup ; il était bien mignon, bien délicat, bien chétif. Sa voix était si faible qu'on l'entendait à peine ; ses petites jambes étaient vite fatiguées, et sans sa petite canne...

Le médecin ordonna la campagne ; on mit Charles chez le bon papa Boucher, à la ferme des Quatre-Noix, où il passa quelques mois, et bientôt les couleurs fraîches revinrent, le sang coula plus frais et plus rose dans ses petites veines ; il est vrai que le petit jonc avait besoin d'air et de soleil et que lui aussi grandissait avec notre jeune héros.

2

Son père fut bientôt fier de son petit Charles. Il disait, en parlant de lui :

— Vous voyez Charlot, c'est un petit phénomène ; il n'a que huit ans et connaît sa table de Pythagore comme Pascal, il fait dormir une toupie comme un ange et des canards qui vont à l'eau sans se mouiller les pattes.

Charles n'avait pas les goûts des enfants de son âge, car il les surpassa bien vite à tous les jeux d'esprit ou d'adresse. Il aimait le recueillement et la solitude.

Il se réfugiait souvent sous un berceau de l'immense jardin ; il restait là des heures entières, comptant des petits cailloux blancs, dessinant les feuilles des arbres et causant à sa canne qu'il commençait déjà à consulter.

Sa petite imagination l'emportait dans le pays des chimères il avait lu les contes de fées et les *Mille et une Nuits* ; il se taillait un rôle parmi les brillants chercheurs et les illustres héros de ces contes et se croyait ainsi un personnage.

Un de ses amis, plus âgé que lui, lui apprit des tours de physique ; mais l'élève surpassa bientôt le maître.

Alors il aima la magie blanche et noire ; il s'entoura de cartes, de gobelets, de muscades, de dés ; il avait un chapeau des plus pointus, une robe des plus larges, une table des plus petites et sa canne lui servait de baguette magique.

Les petits enfants le craignaient à une demi-lieue à la ronde et, le soir, ils rêvaient de la fameuse canne de Charles Duval !

Mais l'âge vint, on eut quinze ans, et il fallut faire l'apprentissage de la vie sérieuse.

Fils d'un honnête travailleur, Charles dut se mettre au travail. Il reçut les premières notions de l'architecture de la main paternelle, puis on le confia à **M**. Souhard, ingénieur. Ce fut sous ses ordres qu'il participa aux travaux du pont de Creil.

Comme l'illustre Pierre, le grand Charles, avant d'être le premier parmi ses pairs, comme il l'est aujourd'hui, Charles, dis-je, mania le ciseau, la truelle, le rabot, la pioche, les compas et le marteau ; grâce à la canne qui déjà faisait des siennes, la géométrie ne fut pour lui qu'un jeu qu'il enseigna bientôt aux autres.

Professeur à dix-huit ans, il eut des disciples plus âgés que lui et sous sa canne chacun se courbait comme devant le bâton du maréchal.

Mais M. Viollet dirigeant les études du projet du canal de Dieppe à l'Oise, enlève le jeune professeur, qui est nommé d'emblée conducteur avec 1,800 francs d'honoraires.

C'est alors que Duval sentit les premiers aiguillons de sa canne et qu'elle lui causa ses premiers succès.

Charles avait vingt ans, il s'établit à Neufchâtel, centre des travaux de canalisation. Il devint bientôt un des plus joyeux compagnons de la petite ville.

Charles était un beau cavalier, il portait crânement l'habit bleu à boutons d'or, la cravate brodée et le large pantalon blanc qui laissait apercevoir à peine l'extrémité d'une petite botte coquette et vernie, ses longs cheveux bouclés naturellement encadraient sa belle tête d'artiste, et notre jeune conducteur *conduisait* à sa suite tous les *beaux* et les belles de la cité neufchâtelloise.

Au billard, Charles n'avait pas de pareil.

Aux cartes, il ne craignait personne.

Au travail, Charles était le premier.

Et au bal, il n'avait aucun rival.

Un jour, le fameux X..., le plus habile danseur de l'*endroit*, fit un pari qu'il l'emporterait sur Duval par la grâce et le bon on.

Les paris furent tenus et le soir, même six cents mains applaudissaient Charles dans un quadrille sentimental qui, au dire d'un vieux connaisseur (ex-capitaine de dragons, excellent cavalier, du reste), n'avait jamais fait des entrechats plus Vestris (Notre héros fut embrassé par six rosières, *à la Queue du chat.*)

Il est vrai que Duval ne sor ait jamais

sans sa canne et qu'elle lui ouvrait déjà toutes les portes et tous les cœurs.

C'est elle qui lui inspira la généreuse idée de faire reconstruire le théâtre de Neufchâtel.

Ce fut avec elle qu'il prît toutes les mesures, qu'il dressa tous les plans, qu'il dirigea tous les travaux.

Tour à tour décorateur, machiniste, peintre, maçon, architecte, tragédien, comique, amoureux, Duval ne connut pas d'obstacles, il les surmonta à l'aide de sa canne, qui électrisa les bonnêtes provinciaux.

Un beau jour cette affiche épatante et *historique* fut distribuée dans toutes les maisons par les Bidault de la ville et placardée à l'angle des principales rues de Neufchâtel :

COMÉDIE BOURGEOISE

PAR PERMISSION DE M. LE MAIRE.

La Société des jeunes gens de Neufchâtel, composant la Comédie bourgeoise, se propose de donner, dimanche prochain 25 décembre 1821, la représentation suivante, dont le produit servira à acquitter les frais qu'a nécessité l'agrandissement de la salle de spectacle.

ON COMMENCERA PAR

L'ÉCOLE DES BOURGEOIS

Comédie en trois actes et en prose, de d'ALLAINVAL

SUIVIE DU

OUPER DE HENRI IV

UNE JOURNÉE DE GARNISON

Vaudeville de MM. Merle et Ouvrez.

Le seul but des jeunes gens de cette Société, en jouant ainsi la comédie, est de vous amuser quelque-fois cet hyver (sic). et en demandant l'autorisation de donner plusieurs représentations pour l'embellissement de cette salle, ils n'ont eu en vue que d'augmenter vos plaisirs et de procurer plus d'agrément à la ville : ils espèrent que vous ne désapprouverez pas leur démar-che, et que vous voudrez bien les honorer de votre présence.

Le prix des places est comme d'habitude.

On commencera à cinq heures précises, et le bureau sera ouvert à

TROIS HEURES!!!

Duval fut applaudi comme Talma, chaque soir on le portait en triomphe et un souper *pharamineux* réunissait les artistes improvisés chez la mère Cauchois.

C'est à Neufchâtel que la canne de Duval accomplit ses plus brillants exploits... de jeunesse.

Chacun se souvient encore du brillant carnaval de 1821, où la fameuse cavalcade se mit à caracoler sur la grande place, et où Charles, monté sur un mulet blanc, à collier rouge, déguisé en marchand de vulnéraire, débita ses fameuses drogues et conta ses charges plus fameuses aux habitants réunis.

C'est là qu'il conta de si bonnes vérités aux maris de la ville, qu'il fut obligé de se réfugier dans un grenier à foin, sans quoi il eût été lapidé comme saint Etienne.

Ah! les maris de Neufchâtel ne sont pas de si bonne composition que leurs petits fromages. Demandez plutôt à Charles Duval; c'est dans cette affaire que la canne sauva la vie à son imprudent possesseur, car un coup de couteau, destiné à Duval, frappa la tête du pauvre jonc et le perça de part en part. C'est depuis ce jour que Duval porte un gland de soie magnifique, qu'il mit en guise de charpie, pour fermer cette plaie.

Dans ses plaisirs, Duval n'écoutait pas toujours son esprit, il obéit souvent à la voix de son cœur.

Un trait entre mille.

Un soir, c'était à la fête de Saint-Antoine, une vieille femme pleurait dans un coin de la place, portant un enfant dans ses bras, implorant la pitié publique; — mais le monde passait sans la voir et sans lui accorder la moindre aumône. Duval l'aperçoit, il s'arrête, monte sur deux pierres, dont il fait un siége, il se découvre et entonne, avec l'âme chaleureuse qu'il possède, l'hymne de la charité, chanson qu'il improvise en quelques instants et dont il se rappelle, après trente ans, ces quelques vers :

« Celui qui donne à la voix qui demande
« Le ciel toujours accomplira ses vœux,
« La charité, cette vertu si grande,
« Unit les cœurs et nous reud plus heureux. »

Bientôt la foule s'amasse, on l'entoure, on l'applaudit, on remplit de pièces blanches et brunes son petit chapeau rond, la vieille femme a une journée magnifique, et Duval se dérobe à la hâte à ses chaleureux remerciements.

Une autre histoire moins touchante, mais plus ga e.

C'était, je crois, à Neufchâtel ou à Beauvais. Qu'importe, le nom ne fait rien à la chose, au contraire ; mais il doit y avoir dans cette ville des frères ignorantins.

Un jour, Duval est appelé pour visiter que ques travaux de réparation.

C'était un dimanche.

Les chers frères étaient à vêpres.

Duval, en traversant une longue galerie, voit des vêtements appendus à la muraille. Endosser la longue robe et le petit chapeau, voire même le rabat, fut pour Duval l'affaire d'un moment. Duval se promène dans la cour, dans le jardin, et, se rappelant tout son latin de septième, il sent une ardeur nouvelle s'emparer de son âme, l'habit fait quelquefois le moine. Bref, Duval oublie sa famille, son état, son théâtre, ses succès et sa canne, qu'il avait laisse à la porte, le malheureux ! il veut quitter le monde, il veut se réfugier, comme Charles... Du Val.... d'Espagne, dans un monastère.

Mais on sonne à la porte ; c'est une jeune dame voilée, accompagnée d'un petit bambin de neuf ans, qu'elle vient recommander à la maison.

Les beaux yeux de la jeune femme font vite envoler les projets de réclusion de notre héros ; il est aimable, empressé, — trop, peut-être ; il reconduit la jeune dame jusque sur le seuil de la maison religieuse, avec mille amitiés et mille politesses, puis se dépouille vivement de cette tunique de Nessus, qui le brûlait déjà, il reprend gaiement sa canne et jure qu'il n'ira jamais à la Trappe.

Mais Duval a vingt et un ans et le *sort*

rigoureux le rappelle à Beauvais ; il y sé-
journe quelque temps, puis sa canne lui
montre Paris comme sa vraie patrie et
comme un resplendissant paradis.

C'est alors qu'il échangea sa montre
chez papa Thiercelin et qu'il partit pour la
capitale.

Il arriva avec dix-sept francs cinquante,
deux pantalons, une paire de guêtres,
deux chemises, trois paires de chaussettes,
un chapeau *retapé* et trois faux-cols.

Sa malle pesait neuf livres, sa tête était
légère, sa bourse à peu près vide, comme
vous voyez ; mais Duval avait vingt ans !
il avait du cœur, et ne l'oubliez pas, surtout, chers lecteurs, il avait sa canne !

CHAPITRE II.

COMIQUE, MAIS SÉRIEUX.

Charles Duval à Paris. — La mansarde de Charles Duval. — La salle Chantereine. — Charles Duval sans canne. — Son mariage. — Retour à Paris. — Maisons-Laffitte. — L'hôtel Rachel. — Le kiosque de Méhémet-Ali. — Hôtel Meuron. — Hôtel Van-Eeckhnout. — Le manége du vicomte d'Aure. — Les bains de mer de Cobourg-sur-Dives.—Salle de spectacle en trois jours. — Les deux grands cafés Parisiens.—Le portrait de Charles Duval. — Duval aux incendies. — La Bourse du Travail. — La caserne, les halles, les boulevards de la rive gauche, le passage souterrain du Carrousel, l'Eldorado.

3

CHAPITRE II.

COMIQUE, MAIS SÉRIEUX.

Descendu dans un modeste hôtel de la rue des Prouvaires, près du marché des Innocents, Duval voit de sa mansarde Paris comme une vaste fourmilière qu'il veut dominer par son génie. L'ex-conducteur géant à Neufchâtel n'était cependant plus qu'un nain dans notre vaste capitale.

Il est conducteur encore etconducteur toujours, chez M. Destors, un des habiles architectes-constructeurs qui élevaient déjà la rue de Rivoli, et bientôt commença pour Duval la dure expérience de la vie parisienne.

Dans sa foi naïve en son brillant avenir, Duval avait quitté sa famille, qui voulait le conserver près d'elle ; Duval parti, la famille se vengeait en le laissant dans l'isolement dans le vaste désert parisien, où croît l'herbe amère de l'égoïsme et de l'intérêt.

Aussi Duval souffrait-il beaucoup, et parfois voulait-il briser sa canne de désespoir.

Avoir vingt ans, avoir dans le cœur et dans la tête les inspiratious les plus grandes, les conceptions les plus larges, de la gloire et des millions en espérance et res-

ter pauvre et inconnu... Etre pauvre et
vouloir étreindre Paris et le monde dans
ses muscles d'acier, rêver les honneurs
avec ivresse et rage, être chaque jour har-
celé par le vampire affreux de l'ambition
folle, effrénée, avide...

Avoir vingt ans et vouloir parvenir malgré tout, malgré le froid, la faim, la gêne
et la jeunesse. Ah! c'est un enfer!...

Que de larmes de dépit et de colère ont
coulées sur la petite table brune de la
mansarde!

Pauvre petite table de travail sur laquelle est empreinte la trace de ses coudes,
de son encrier et des gros in-folio signés
Krafft ou Vignolle; pauvre petite table de
travail qui a vu ses chagrins, ses déboires
et ses déceptions, Charles t'aime, il te con-
serve précieusement et te préfère même

aux plus beaux ornements et aux plus riches meubles de son salon !

Un soir, dans un de ses moments de découragement, car l'âme la plus ferme et la mieux trempée a cependant ses heures d'épreuves et de doute ; un soir, dis-je, Duval est accosté, sur le boulevard Montmartre, par Daudet et Vernet, artistes dramatiques.

— Tiens, c'est le beau Charles, le jeune premier de Neufchâtel !...

— Le futur architecte, mes amis, répond gravement Duval.

— Ta, ta, ta, architecte, toi ! allons donc, dit Vernet, qui se met à danser presque dans le passage des Panoramas en chantant :

> Dans l'architecterie
> Quand l'architecte rit,

De l'architecterie
Chaque architecte rit.

Duval ne peut tenir son sérieux plus longtemps et se laisse entraîner par ses anciens amis de théâtre dans un café voisin.

On cause, on rit, on boit, on fait des *charges*. Duval escamote la pipe de Vernet et la fait passer dans le chapeau d'un vieux joueur de dominos ; Duval est applaudi, fêté, prôné, embrassé par la bande joyeuse des artistes qui se réunissent tous les soirs dans le café ; Duval est enrôlé dans la troupe de la salle Chantereine, en attendant qu'il fasse ses brillants débuts au grand théâtre des Variétés ; mais Duval avait un cousin, un de ces cousins qui bourdonnent et qui piquent, qui vous font tantôt des surprises et tantôt des sottises, le cousin Caron, enfin, qui lui prend sa canne.

Caron, bon enfant, mais taquin, emporte donc la canne, — histoire de rire, comme dit Polichinelle, — mais Duval, sans sa canne, vous le savez, c'est un corps sans tête ou sans âme, si mieux vous aimez.

Quelques jours après, Duval reçoit une lettre de sa mère qui l'appelle à Beauvais, où son père est gravement malade, à Beauvais, le pays natal, il est vrai, mais la province, et, vous le savez tous, Parisiens, quand on a cotoyé pendant quelques mois les rives de l'île Saint-Louis ou traversé le passage,.. des Panoramas et fréquenté la cour des Miracles, il en coûte, n'est-ce pas ? de franchir *la barrière* qui nous sépare du continent qui fournit les truffes, les pâtés et le vin de Champagne et qui a nom la province ; aussi Duval, craignant pour les jours de son père, veut-il consulter sa *canne-Égérie*, mais il comptait sans Caron.

Le pauvre Duval s'embarqua sans sa canne.

Il laisse donc travaux et débuts, architecture et théâtre, et tombe, à Beauvais, dans les bras d'un père fort bien portant, d'une mère, de frères, de sœurs, d'une foule de parents, d'amis et de voisins ; on enlace le pauvre Charles dans les liens si perfides de la province, et, un beau jour, M. Duval père lui donne sa bénédiction paternelle et le marie comme un bourgeois, faisant, en bon architecte, d'une pierre deux coups, d'un fils trop bouillant et trop mondain le meilleur des maris et de plus un architecte.

Le jour du mariage, le cousin Caron lui rendit sa canne. Dans sa joie, Duval s'en servit pour faire les tours les plus surprenants. Il imita avec elle et Neptune et son trident, et le roi d'Ivetot et son sceptre, et le tambour-major de la garde nationale et le chef d'orchestre du bal avec sa baguette, il osa même imiter avec elle le respectable suisse de l'église où il prononça le oui sacramentel.

Bref ! le petit jonc eut tous les honneurs de la journée.

Ceci se passait en 1824.

.   .   .   .

« Il n'y a pire eau que l'eau qui dort. »

« Tout vient à point à qui sait attendre »

« Après la pluie vient le beau temps. »

« Il n'y a pas de noces sans lendemain. »

« Les jours se suivent et ne se ressemblent pas. »

Voici cinq proverbes éternellement vrais; aussi, un beau matin, Duval, qui s'amusait beaucoup, mais beaucoup à Beauvais, prend la fameuse *voiture à Pierrotin* (illustrée par Balzac, d'illustre mémoire, dans le *Début dans la vie*) et descend au Lion d'Argent.

Duval n'est plus ce jeune homme audacieux, mais téméraire, vif, mais léger, Duval a gagné ou perdu quelques années, mais Duval va droit à son but aujourd'hui; il ne rêve plus des palais ni des cathédrales impossibles, il connaît la vie, son *réalisme* et son *positivisme*, il sait ce qu'il vaut et ce qu'il peut, et, grâce à la bonne recommandation de Constantin, il est présenté à Jacques Laffitte, auquel il soumet quelques plans.

Le célèbre banquier a jugé d'un coup d'œil le célèbre architecte, il lui dit : « Allez » et Duval part pour Maisons, pare immense, qu'il transforme bientôt en un séjour enchanteur.

Duval est magicien, vous le savez maintenant, et, du reste, ses œuvres parlent pour lui ; Duval est magicien, je vous le répète, il frappe la terre de sa canne et soudain jaillit une cascade ravissante, il touche un arbre et le change en un châlet suisse avec sa laitière au foulard rouge, au corsage bleu et aux bretelles de soie.

Il dit à la pierre : « toi ! sois *ferme* ; toi ! sois villa, sois château » et soudain frises et chapiteaux, balcons et sculptures s'élèvent dans les airs, s'entrelaçant et s'enchevêtrant comme par enchantement.

Il y a, à la colonie de Maisons-Laffitte, plus de cent habitations, toutes variées, toutes coquettes, toutes gracieuses qui rappellent tous les climats et tous les pays.

Soyez gai, soyez triste, soyez jeune, soyez vieux, soyez garçon, soyez marié, soyez ministre, soyez cultivateur, quel que soit votre goût, votre fantaisie, votre caprice, consultez la canne de Charles Duval, c'est la canne magique ou plutôt la bouteille inépuisable de Robert-Houdin ; elle est toujours neuve, toujours originale, toujours piquante et toujours prête à satisfaire aux plus fantastiques désirs.

C'est elle qui éleva la bonbonnière de la rue Trudon, inoccupée pour quelque temps par l'illustre tragédienne, partie, hélas ! pour chercher les sources de la santé près de celles du Nil.

Entrez avec moi dans cet hôtel, dans ce palais, où reposa Adrienne Lecouvreur, Athalie, Pauline, Hermione, *i tutti quanti*.

Voyez cet escalier octogone avec sa rampe d'acier,

Ce salon Louis XIV,

Cette chambre à coucher Louis XV,

Cette salle de bain qu'eût enviée Cléo-
pâtre,

Ce boudoir asiatique,

Cette encyclopédie architecturale enfin,
où Duval a pris le plus pur et le plus rare
de ce que les grands peuples et les grands
siècles nous ont laissé.

C'est cette canne, à jamais célèbre, qui
valut à Duval l'honneur d'une entrevue
avec le Prince-Président.

Duval reçut ce jour les félicitations de
Son Altesse, au sujet d'un kiosque chinois
construit tout en fer, destiné au jardin du
pacha Méhémet-Ali.

Avec sa canne, Duval a élevé le magnifique château de la Jouchere, près Brie-Comte-Robert ;

L'hôtel Meuron, des Champs-Elysées, habité par M. Eugène Crémieux, — (ne confondez pas le grand marchand de chevaux avec l'illustre défenseur de la veuve et de l'orphelin).

L'hôtel Van-Eeckhout, au rond-point de la place de Passy ;

Le palais hippique du comte de Luckner, frère du roi de Saxe ;

Le manége du vicomte d'Aure ;

Les bains de mer de Cabourg-sur-Dives.

C'est avec sa canne magique que Duval construisit, à Maisons, en TROIS JOURS une salle de spectacle qui contient *huit cents* personnes.

Pour remplacer le premier Grand Café Parisien, la canne a donné le jour au Grand Café Parisien, deuxième du nom, qu'elle avait créé; le plus brillant et le plus curieux établissement de l'univers, où quatre mille personnes viennent chaque jour admirer les statues, les groupes, les plafonds, les glaces, les billards et les comptoirs où l'on est enchanté de prendre une consommation pour avoir occasion de payer son tribut de reconnaissance et d'admiration pour cet établissement hors ligne.

Duval est aujourd'hui un homme sérieux; né avec le siècle, il ne veut pas cacher ses années, mais on lui en donnerait à peine quarante.

Il est d'une taille un peu plus que cmoyenne, bien bâti, et aujourd'hui solide comme un bloc de granit; ses yeux intelligents, sa bouche moqueuse, son front

large, ses cheveux longs qu'il rejette en
arrière, son éternel sourire et cet air de
franchise qui brille en ses traits, donnent
à Duval l'air d'un véritable artiste. Il a,
du reste, la gloire d'avoir été modelé par
Dantan.

Sa main, un peu petite, tient toujours la
fameuse canne qui a la meilleure place au
foyer.

Duval est arrivé.

Duval n'est pas seulement un architecte
de première classe, mais il est encore un
grand cœur et un bon citoyen.

On l'a vu à l'incendie de Pleyel, à celui
du docteur Bisson, à l'explosion du gazo-
mètre de l'Opéra ; on l'a vu, à la tête de sa
compagnie, dont il était le capitaine, traverser bravement les flammes, opposant

4

au danger son courage et son sang-froid,
raillant les siens, excitant les braves sa-
peurs-pompiers et maîtrisant toujours l'élément redoutable, comme il a su vaincre et
dominer la mauvaise fortune.

Quoique honoré d'une mention honorable
par le ministre de l'intérieur, le 25 août 1848,

« La fleur des champs orne sa modeste
boutonnière. »

Mais l'étoile de Charles Duval est trop
brillante ici-bas pour *qu'une autre* étoile ne
brille pas un jour sur cette poitrine où la
conscience et le devoir ont toujours gravé
les mots : Honneur et patrie.

Duval est un des hommes les plus labo-
rieux, les plus actifs et les plus occupés
de notre pays.

Il unit toute l'ardeur et toute la fougue

d'un jeune homme à l'expérience et à la maturité de l'homme sérieux.

Il comprend d'un mot, un regard lui suffit et le plan mesquin qu'on lui confie sort toujours, de ses mains habiles, transformé, embelli, parfait.

Il est à la fois la tête et le bras dans tout ce qu'il entreprend.

Il se multiplie, il se décuple, et, comme un général en chef, il est toujours sur le terrain.

Sa première union lui a donné deux fils ; l'aîné est déjà architecte, le second est l'élève de Charles Duval et le seul auxiliaire qu'il emploie.

Il marchera dignement sur les traces de son professeur, qui lui a enlevé toutes les

épines dont est semée, l'existence du travailleur.

Duval a mille travaux à surveiller ; aussi
est-il toujours partout et nulle part.

Il vole un jour à Issy, le lendemain à
Lyon, hier il était à Paris, ce matin, il est
à Boulogne-sur-Mer.

Pour lui, les chemins de fer ne vont pas
assez vite, les hommes n'ont pas assez de
mains, les pierres ne se taillent pas assez
promptement.

Il y a des hommes qui ont la fièvre de
l'or, Duval a la fièvre du travail.

Vous avez son portrait, si vous voulez
voir l'original, allez, souvent, au **Café Parisien** et, parmi la foule des habitués, vous
apercevrez peut-être un homme assis à
une petite table.

Il est entouré d'un cercle de nombreux
amis; c'est la table la plus gaie et la plus
animée de l'établissement.

Vous reconnaîtrez facilement Duval, car
il ne sort jamais sans sa canne merveil-
leuse.

Il reçoit les inconnus chez lui, de une
heure à deux, 9, passage Saulnier.

J'ai vu l'antichambre de beaucoup de
jolies femmes, de quelques ministres et de
pas mal de diplomates, aucune n'est plus
assiégée que celle de Duval.

Duval réunit les intimes le soir, et ses
salons ont un parfum d'élégance artistique
et du meilleur ton.

Madame Duval, une jeune et charmante
Parisienne, en fait les honneurs avec la
grâce et l'amabilité qui la caractérisent.

L'autre soir, il y avait réunion chez Duval.

Sculpteurs, poëtes, médecins, avocats, avaient tour à tour la parole.

Un jeune homme venait de lire une pièce en vers, la *Vengeance des Fleurs*, je crois, il la déposa sur une petite table, que je n'avais pas remarquée et qui était dans un angle du salon.

Je m'approchai de la table, qui était en chêne grossier, j'ouvris un tiroir et je vis un dossier tout rabougri et jauni par le temps, sur lequel je lus en superbe anglaise :

1822. *Travaux de la rue de Rivoli.*

C'était la petite table de travail de Duval !..

Je jetai un regard dans le passé, et me

rappelai la mansarde de la rue des Prouvaires.

Quantum mutatus ab illo!

. . . .

Duval nourrit de vastes projets.

Il rêve la Bourse du Travail, plan gigantesque et philanthropique qui doit réunir les ouvriers sans travail et tuer la
grève, cette plaie du labeur.

Il rêve une caserne modèle qui peut se
transformer, en quelques instants, en un
vaste camp abrité.

Il a eu son projet des halles centrales,
dont le grand mérite a été apprécié par
toutes les sommités artistiques.

Il a le projet des boulevards intérieurs,

qui feraient comme la contre-partie de ceux de la Bastille à la Madeleine.

Il veut, d'un coup de sa canne magique, unir la place des Victoires à celle des Petits-Pères.

Demain, les maçons vont renverser les habitations anciennes et de mauvais goût du faubourg Montmartre; et, dans quelques mois, s'élèvera, en face de la rue de Buffault, un café immense, l'EL-DORADO, où les deux mondes, le monde et le demi-monde, viendront entendre les concerts les plus divins et admirer les curiosités sans nombre que renfermera ce palais enchanteur; car tout le globe sera mis à contribution pour charmer les Parisiens et l'on pourra dire sans emphase: « L'univers est en soirée chez l'univers. »

Duval ne songe pas seulement à la capitale, car il doit bientôt transformer la commune d'Issy en une seconde colonie Laffitte. Il a su se surpasser dans son deuxième Café Parisien, nous ne pouvons donc pas douter du succès de cette nouvelle colonie, qui rivalisera dignement avec la première. Mais son grand et principal travail, en ce moment, est Boulogne-sur-Mer.

Boulogne, cette ville si hospitalière et si chère aux Parisiens et aux Anglais, Boulogne va être soumise à la baguette de l'enchanteur.

Bientôt ses bains, célèbres à tant de titres, réuniront toutes les recherches, toutes les superfluités de la vie élégante : théâtre, concert, salle de jeu, salle de danse, casino, restaurant, café, tout va être refondu et *refondé* par notre grand architecte, qui

a été reçu à bras ouverts par les Boulon-
nais.

Duval a encore d'autres projets. La canne
est insatiable de gloire, de travaux et de
renommée.

Grâce à elle, bientôt chaque commune de
France sera douée de bains et de lavoirs
publics, où le peuple pourra, à bon marché,
trouver le bien-être et l'hygiène que les
classes aisées peuvent seules se procurer.

Duval veut enfin !...

Mais ne commettons pas d'indiscrétions.

La canne est loin d'avoir dit son dernier
mot.

Duval, après avoir créé les hôtels les
plus splendides, les habitations les plus
élégantes, les établissements les plus con-
fortables, Duval a la noble ambition de

donner un jour à son pays un de ces monuments solides et durables qui demeurent éternellement debout et qui prouvent à la postérité qu'une main puissante et fondatrice a passé par là.

La canne aidant, Duval réussira.

Et puis la fée Canebière ne jette-t-elle pas de temps en temps un regard d'affection sur son petit protégé, devenu aujourd'hui le *prince des architectes.*

FIN.

Architecte signifie Créateur, Fondateur. Les plus grands hommes sont donc des Architectes ; seulement un bon Architecte doit avoir ce que le peuple dans son langage vulgaire ; mais expressif appelle : *Le Compas dans l'œil* et par là, j'entends non par cette rectitude algébrique par laquelle le praticien calcule les distances, mesure les angles & décrit les cercles sans le secours d'aucun instrument de mathématique ; mais celui-ci, ce goût qui fait deviner à l'homme intelligent ce qu'on peut tirer du temps, des choses & des hommes.

Pythagore en écrivant ses tables de la loi des Calculs.

Archimède trouvant dans un bain la pesanteur des Corps.

Newton découvrant l'attraction.

et Galilée prouvant le mouvement terrestre.

qu'étaient-ils ? sinon des divins architectes qui avaient *Le Compas dans l'œil*.

Charles Duval

TABLE.

DE

L'INTERVENTION

DE LA SOCIÉTÉ

POUR

PRÉVENIR ET SOULAGER LA MISÈRE.

Paris. — Typographie de Plon frères, rue de Vaugirard, 36.

DE

L'INTERVENTION

DE LA SOCIÉTÉ

POUR

PRÉVENIR ET SOULAGER LA MISÈRE,

PAR

ARMAND DE MELUN,

Représentant du peuple pour le département d'Ille-et-Vilaine,
Président de la Société d'économie charitable.

DEUXIÈME ÉDITION.

PARIS,

PLON FRÈRES, RUE DE VAUGIRARD, 36.

POUR L'ÉTRANGER :

BOSSANGE, QUAI VOLTAIRE, 21 *bis*.

1849

En traitant exclusivement de l'assistance publique et des devoirs de la société représentée à ses différents degrés par les pouvoirs émanés d'elle, nous n'avons nullement prétendu toucher aux droits sacrés et inaliénables de la charité religieuse et privée. Nous la placerons toujours au-dessus de toute action gouvernementale ou administrative. A elle seule appartient en effet cette puissance de consolation et de moralisation plus efficace contre la misère que tous les secours matériels.

Son action libre, débarrassée des entraves du passé, est indispensable à la solution du problème qui nous occupe ; et si nous n'exposons pas ici la part immense qui lui revient dans le soulagement des souffrances humaines, c'est que nous lui réservons un travail spécial, lorsque nos nouveaux devoirs nous en laisseront le loisir.

TABLE DES MATIÈRES.

L'INTERVENTION DE LA SOCIÉTÉ

PRÉVENIR ET SOULAGER LA MISÈRE.

CHAPITRE PREMIER.

POSITION DE LA QUESTION.

La République, à son avénement, avait deux grandes questions à résoudre, l'une politique, l'autre sociale.

Dans l'ordre politique, elle avait à appliquer dans toute sa sincérité, dans toute son étendue, le principe de la souveraineté du peuple, à le faire passer dans la Constitution et dans les lois ; en un mot, à organiser la démocratie.

Le suffrage universel, exercé sans intermédiaire et sans condition, et devenu la source de tous les pouvoirs, a résolu complétement le problème, et cet immense progrès s'est accompli sans obstacle ; il n'était que le dernier mot d'une théorie déjà acceptée, la dernière conséquence d'un principe reconnu, le terme d'une marche commencée depuis longtemps.

1

En effet, nos idées, nos instincts, nos institutions ne cessaient de marcher en ce sens ; chacune de nos révolutions avait fait descendre l'élection plus avant dans le peuple, et avait appelé un plus grand nombre à la jouissance des droits politiques ; la Révolution de février, pour arriver jusqu'au fond, n'eut qu'à descendre quelques degrés de plus.

Aussi, au moment de la première épreuve, malgré la gravité des circonstances et les terribles incertitudes de l'inconnu, personne n'a élevé la voix contre le suffrage universel, personne ne s'est inquiété de ses résultats ; la logique en avait proclamé la justice, l'expérience en a démontré aujourd'hui l'opportunité.

Mais la question sociale soulevait des difficultés plus grandes et n'avait pas à sa portée une aussi rapide et aussi complète solution. A côté de cette inégalité politique qu'une loi fait naître et qu'une loi modifie, et qui a pu disparaître devant quelques lignes d'un décret de la République, il s'est rencontré de tous temps et sous tous les régimes une inégalité plus profonde, qui provoque des plaintes et des réclamations plus amères : l'inégalité du bien-être et de la fortune, celle qui fait les riches et les pauvres, et qui divise le monde en propriétaires, commerçants, ouvriers, indigents, suivant que l'on vit de ses revenus, de son industrie, de son travail ou de la bonne volonté d'autrui.

Cette différence entre les hommes ne se manifeste pas seulement par plus ou moins d'autorité et d'influence sur les affaires du pays, et à l'occasion d'un pouvoir qui ne s'exerce qu'un instant et à de longs intervalles, mais elle pèse sur tous les moments, sur tous les actes de la vie, et nous suit jusque dans la mort : on la retrouve dans les logements, dans les habits, dans la nature et dans la quantité des aliments, dans les devoirs et dans les nécessités de chaque jour, dans les impressions, dans les plaisirs et jusque dans le langage; car, suivant la position qu'on occupe, les choses envoient des impressions différentes, et les mots n'ont pas le même sens.

Devant cette échelle qui s'élève de l'extrémité de la misère à l'excès de la richesse, et qui parcourt ainsi toutes les nuances de la jouissance et de la privation, il devait nécessairement s'échapper de la foule des derniers degrés quelques murmures contre ceux qui sont au sommet, et un ardent désir de monter jusqu'à des régions où la vie est facile, l'avenir assuré, et où les besoins, au lieu d'être une source de souffrances, deviennent une occasion de plaisir. Il était impossible aussi que les gouvernements ne fussent pas préoccupés d'étouffer ces plaintes, de désarmer ces colères et de conjurer les dangers d'une situation si précaire et si menaçante; et, d'un autre côté, un tel contraste ne cessait de provoquer la compassion que Dieu a mise dans le cœur de tous les hommes pour les douleurs humaines.

De là, ces attaques de toutes les époques, ces accusations permanentes contre la société, ces tentatives désespérées pour briser violemment une organisation qui fournissait tant d'arguments aux novateurs, tant d'armes aux révolutions; ces utopies d'ambitieux, ces rêves d'honnêtes gens, ces doctrines devenues rapidement populaires qui promettent toujours de ramener l'égalité sur la terre, de partager entre tous le poids de la chaleur et du jour, et qui ont si souvent agité les multitudes et menacé les gouvernements. De là ces mesures paternelles ou rigoureuses, cette législation tour à tour charitable et inflexible, suivant l'esprit du temps et des pouvoirs, suivant que l'on était plus frappé des souffrances ou des dangers, que la misère publique inspirait plus de peur ou de pitié : la taxe des pauvres, la fondation des hôpitaux, l'expulsion des mendiants, l'emprisonnement des vagabonds.

De là en même temps ces efforts de dévouement, cet héroïsme de bienfaisance qui ont d'âge en âge multiplié les institutions et les œuvres, se sont attachés à chaque pas de la vie du pauvre, du faible et du petit, et ont trouvé en France leur expression la plus sincère dans la Sœur de la Charité.

A aucune époque peut-être ces tendances ne s'étaient manifestées avec plus de force que dans les années qui ont précédé la Révolution de février, jamais ceux qui écrivent pour le peuple et qui ont la prétention de parler en son nom ne s'étaient montrés plus sévères pour la forme actuelle de la société, n'avaient réclamé une transformation plus complète et poursuivi avec plus d'ardeur et de violence les inégalités sociales. Jamais la charité individuelle n'avait plus fait pour réconcilier le pauvre avec sa destinée, pour rendre sa vie plus facile et moins lourde ; jamais ceux qui possèdent ne s'étaient rapprochés avec plus de bienveillance de ceux qui souffrent, les mansardes n'avaient reçu plus de visites, la misère n'avait été moins abandonnée. Mais, il faut le dire, entre les plaintes des uns et les efforts des autres, les pouvoirs qui disposaient de la force sociale avaient trop abdiqué leur action et leur initiative ; leurs préoccupations, leurs intérêts étaient ailleurs. Ils ne voulaient pas examiner, discuter les plaintes, pour ne pas reconnaître un droit ou encourager une prétention; des hauteurs de la société, ils semblaient éviter de regarder en bas, crainte de vertige. Pendant qu'ils détournaient la tête, le problème s'agitait et se décidait au-dessous, et la première question qu'a posée la Révolution qui les a renversés a été celle-là même qu'ils avaient refusé d'étudier et de résoudre.

Quelles que soient cependant les accusations que dans ces derniers temps on a prodiguées à la société, il ne faut pas croire qu'elle soit toujours restée immobile dans ses imperfections et ses abus, ni accepter trop aveuglément les récriminations contre le passé. Comme l'ordre politique, l'ordre social a eu son émancipation, sa marche et ses progrès.

Au commencement de l'ère moderne, la conquête, suivant le droit barbare de l'antiquité, avait mis d'un côté tous les bénéfices, de l'autre toutes les charges de la vie; le genre humain se composait de quelques maîtres et de beaucoup d'esclaves. L'esclave travaillait pour son maître sans pouvoir recueillir le prix de ses sueurs, ni sortir de sa condition, et la terre avec ses fruits, comme l'homme avec son travail, était le patrimoine exclusif de quelques-uns.

Peu à peu, grâce au christianisme, la liberté

revint à tous, la possession changea de conditions et de titres, les barrières entre les hommes s'abaissèrent d'abord et puis disparurent ; la fortune, au lieu d'être le privilége de la race, devint la propriété de l'individu, chacun eut le droit de posséder, à la seule condition d'acquérir.

En même temps l'homme, avec la liberté, reprit la faculté d'user à son profit de sa force et de son intelligence, il travailla pour lui-même sur le fonds qui ne lui appartenait pas, et retrouva dans son travail une valeur, un capital, un moyen d'acquérir, et par conséquent un chemin pour arriver à la propriété.

Dès lors le travail, étendant chaque jour, par son activité et son génie, la sphère de son action et ses bénéfices, se mit à racheter successivement ce que lui avait enlevé la conquête.

Mais, à travers ces progrès, il n'avait pu échapper à l'esprit d'exclusion qui dominait le moyen âge, où tous les droits étaient des priviléges. A peine sorti de l'esclavage, il était devenu lui-même un monopole. Des associations s'étaient partagées les industries lucratives et les métiers qui enrichissent, et en avaient muré la porte. Pour maintenir dans une juste proportion la part de chaque associé, elles avaient repoussé tous les autres dans une éternelle mendicité, et ne leur

permettaient pas de quitter l'aumône pour le salaire. Une barrière infranchissable s'éleva ainsi
entre le pauvre et l'ouvrier, comme tout à l'heure
entre celui-ci et le seigneur.

Le malheureux exclu n'avait gagné à la liberté
qu'une chance de plus de mourir de faim. Au
lieu d'appartenir à un seul maître intéressé à la
conservation de son bien, sa vie dépendait du
caprice insouciant de tous; sa servitude semblait
s'être aggravée en se transformant en misère.

L'Assemblée constituante, en abolissant les ju-
randes, les corporations et les droits féodaux, a
brisé les derniers obstacles qui s'opposaient à
l'accession de tous au travail et à la propriété.
Elle a ouvert à l'activité, à l'énergie, à la persévérance la route du bien-être et de la richesse. Depuis 1789, l'humanité a rapidement marché dans
cette voie.

Jetez les yeux sur la fortune de la France,
parcourez dans chaque commune le cadastre et le
registre des impositions, voyez cette longue suite
de maisons depuis la cabane qu'abrite à peine le
chaume jusqu'à l'hôtel, jusqu'au château, cette
multitude d'ateliers et de boutiques où tout se fabrique et se vend, cette terre découpée en mille
pièces de grandeurs, de formes, de cultures si
variées, chacune de ces maisons, de ces terres,

de ces ateliers est une conquête de la liberté du travail et a été payée avec le salaire. Demandez l'histoire de cette usine gigantesque, de cette banque où s'échangent les valeurs du monde entier, de ce domaine qui aurait fait autrefois une principauté, et presque partout il vous faudra remonter à un pauvre ouvrier parti de sa mansarde avec l'activité pour ressource et l'espérance pour soutien. Quelquefois, à force de génie et de persévérance, il est arrivé à l'aisance et même au delà ; plus d'un riche que le peuple envie et accuse est sorti de ses derniers rangs, et les plus grandes fortunes de nos jours ont commencé sur une échoppe ou dans un ballot. Plus souvent encore la mort est venue plus vite que le succès, mais l'ouvrier avait fait le premier pas et avait secoué la poussière de l'indigence : il a laissé ses fils sur le seuil du bien-être, la famille a achevé ce qu'avait si bien commencé l'individu, et le propriétaire actuel recueille le fruit des labeurs de plusieurs générations. Même parmi ceux qui n'arrivent jamais à la propriété, l'aisance s'introduit et la pauvreté s'efface. Dans beaucoup d'états, le salaire pourvoit à quelque chose de plus que le strict nécessaire, le logement de l'ouvrier devient plus sain, son vêtement plus chaud, sa nourriture moins grossière, et chaque année apporte quelques économies à la caisse d'épargne ou quelques meubles à la maison.

Grâce à ce mouvement d'ascension, les rangs se pressent et se confondent en se multipliant ; la ligne qui sépare les positions et les fortunes devient presque invisible : souvent celui qui cultive la terre a plus que celui qui la possède ; l'usine, en faisant la fortune du maître, fait le bien-être de l'ouvrier. Tel, mercenaire à la maison, laboure au dehors son propre champ, et le salaire d'hier devient, sans changer de main, le capital d'aujourd'hui. Enfin qui voudrait tracer les degrés et tenir compte des nuances passerait par des milliers d'individus et d'innombrables destinées avant d'arriver aux régions mortes et désolées où le travail est nul ou stérile, la sueur inféconde, et où le mouvement n'est jamais le progrès.

Cependant, malgré les avantages de la liberté et la facilité qu'elle donne à la vie, la misère est encore répandue partout dans le monde, permanente et immuable chez quelques-uns, mais toujours prête, au moindre accident, à étendre sa lèpre sur la multitude, comme un torrent dévastateur dont le plus petit orage fait une inondation. C'est que, comme nous l'avons dit, pour posséder la fortune, l'aisance, le nécessaire, jusqu'à l'abri, jusqu'au vêtement, jusqu'au pain qui empêchent de mourir de froid et de faim, il faut nécessairement l'acquérir, et, pour qui n'a pas de capital, comment acquérir, si ce n'est avec le salaire, comment arriver au salaire, si ce n'est avec le travail?

Celui-là donc à qui manque le travail n'est pas seulement en dehors des conditions du progrès et des avantages qu'offre l'organisation actuelle de la société, mais il est encore en dehors du nécessaire, il est, pour ainsi dire, jeté hors de la vie. Combien d'hommes ont cette malheureuse destinée sur la terre! combien, en se pressant dans l'atelier, en se disputant un travail trop restreint, ont fait baisser le prix de la journée au-dessous de celui du pain quotidien! combien, en présentant leurs bras robustes, ont trouvé l'usine fermée et n'ont pas même atteint cet insuffisant salaire! Par une dérision cruelle, la misère est plus multipliée et plus hideuse là précisément où le travail fait le plus de merveilles et accumule le plus de richesses; les villes manufacturières, les grands centres de la fabrique et de l'industrie ont des caves qui manquent de lumière, d'air, d'espace, mais non d'habitants. Dans ces réduits, plutôt terriers que logements, végètent, souffrent et meurent des créatures humaines aux visages hâves et flétris, aux membres grêles, aux dos voûtés, dont la

jeunesse ne peut grandir jusqu'à la taille du soldat, dont l'âge mûr n'atteint jamais la vieillesse,
et qui pendant de longues heures, sans repos,
sans sommeil, sont aux ordres d'une machine
impitoyable pour gagner à peine un morceau de
pain.

Si la machine s'arrête brisée par une invention
nouvelle, par les faux calculs ou la fausse spéculation du propriétaire, par la mauvaise foi et la
fraude d'un voisin; si le caprice de la mode ne
veut plus de ses produits; si les témérités de la
concurrence et l'excès de la production forcent la
marchandise à se vendre au-dessous de ce qu'elle
a coûté, alors le repos forcé devient plus meurtrier que l'excès du travail, la faim remplace la
fatigue et jette une industrie tout entière sur le
pavé de nos rues et sur nos grandes routes; mais
qu'un hiver se prolonge, qu'une récolte manque,
qu'une crise financière ou politique se produise,
que la possibilité d'une guerre ou d'une révolution fasse retirer l'argent et fuir le crédit, ce ne
sont plus quelques usines, quelques ateliers qui
se ferment, ce n'est plus une industrie qui souffre, mais tout ce qui vit de ses bras. Les villes se
remplissent de mendiants; de longues files d'ouvriers devenus pauvres parcourent les campagnes
avec des prières qui ordonnent et des plaintes qui

menacent. Cette prospérité qui faisait l'orgueil et la joie du pays disparaît devant la souffrance du plus grand nombre, les fortunes les plus assurées chancellent, et ce magnifique édifice, fruit de tant d'épargnes et de tant de sueurs, craque et va s'engloutir.

Puis, lors même que le travail appelle les ouvriers et leur accorde un salaire suffisant sans trop exiger d'eux, il y a des différences de force, de capacité, de santé; des inégalités que Dieu a faites et que la loi ne peut défaire; des infériorités dont l'homme lui-même est l'auteur par le mauvais emploi de ses facultés.

En effet, les premières années sont impropres au travail, la maladie le suspend, la vieillesse et l'infirmité l'interdisent à jamais, le vice et la paresse le refusent, et, plus que tout, la misère en rend incapable.

On range ordinairement la misère parmi les effets de l'inaction, trop souvent elle en est la cause; quand elle arrive par héritage, elle saisit l'enfant qui vient de naître sur sa paille humide ou dans ses langes déguenillés, elle a pour le retenir d'ignobles tentations et de coupables plaisirs; elle lui offre la rue au lieu de l'école, le hasard de la mendicité à la place de la régularité du travail; elle ruine son corps par la privation, son esprit par l'ignorance, son âme par l'immoralité, et lui ôte la force et la volonté de sortir de sa dégradation.

Ainsi donc les dernières conquêtes de l'ordre social sur le privilége ont augmenté la richesse, partagé entre un grand nombre le bienfait de l'aisance et la joie de la propriété; mais elles n'ont pu enrichir tout le monde, elles n'ont pas même pu garantir à tous le moyen de gagner ou de conserver leur vie.

En dépit des progrès du passé, des barrières s'élèvent encore entre le bien-être et la multitude. Ces barrières sont-elles nécessaires, inflexibles, insurmontables? La société a-t-elle à intervenir contre elles? a-t-elle quelques chances de les abattre ou tout au moins de les abaisser? En un mot, quel est le devoir de la société vis-à-vis du paupérisme, de ses causes et de ses effets, et ce devoir dans quelle mesure et par quels moyens doit-elle l'accomplir?.... Là est toute la question sociale.

CHAPITRE II.

DU SOCIALISME.

La question est bien simple et facile à résoudre, s'il faut en croire une école devenue tristement célèbre : les devoirs de la société sont absolus, suivant les socialistes, parce que son pouvoir est sans limites; et, pour en finir avec la misère, elle n'a qu'à rentrer dans ses droits trop longtemps éludés ou méconnus par l'égoïsme individuel.

La société, d'après cette école, est l'unité, le corps dont les individus ne sont que des fractions et des membres. A elle, comme au seul être, appartient la libre disposition de ce qui la constitue; elle est la seule force qui fait tout mouvoir, la seule intelligence qui doit tout diriger, la seule volonté à laquelle il faut obéir; elle ordonne à chacun ce qu'il doit faire, lui enseigne ce qu'il doit penser; dit à celui-ci : tu seras soldat; à cet autre : tu seras marchand; trace le travail, fixe le salaire, détermine le genre de vie, la forme de la maison, le poids et la nature des aliments; elle est la maîtresse absolue de l'existence, de l'activité, de la capacité de tous. Les différences se confondent, les personnalités s'effacent, et l'homme disparaît dans ce panthéisme social.

Malgré les modifications dans la forme et dans l'expression de sa doctrine et la variété des sectes qui le divisent, le socialisme n'a jamais entendu autrement le droit et la mission de la société, dans le passé comme dans l'avenir.

La législation de Sparte donnait à la communauté tous les biens et tous les enfants, comme aujourd'hui les uns lui donnent toutes les terres, les autres la direction et le produit de tout le travail ; et jamais la pensée sociale n'a été mieux exprimée que par la fameuse formule : « La propriété est un vol, » puisqu'elle enlève au profit de l'individu une part du bien de la communauté. On aurait pu ajouter avec la même logique : « La liberté est une usurpation, » puisqu'elle laisse à la disposition d'un seul une force et une volonté qui appartiennent à tout le monde. Dans de telles conditions, il n'y a plus à se préoccuper de la concurrence, de l'insuffisance du salaire, de l'incapacité du travail. Possesseur de tous les capitaux, de tous les revenus, de tous les produits, l'État, représentant et directeur de la société, en fait une ruche, une fourmilière où chacun a son travail suivant ses forces, son salaire suivant ses besoins. Dans la liberté de ses combinaisons, l'État arrange et dispose les parts de manière que, jeunes ou vieux, forts ou faibles, habiles ou maladroits, tous aient leur place réservée et leur couvert mis dans la maison commune.

C'est ainsi que le socialisme se charge de supprimer les pauvres, d'effacer les inégalités anciennes , et d'organiser avec le travail le bonheur du genre humain.

Exposer de telles idées suffit pour les réfuter. L'expérience du socialisme est impossible à faire, car il n'arriverait dans le monde actuel qu'à l'aide d'un vol universel , qui inaugurerait singulière- ment le règne de la justice et de la fraternité : ce serait un triste expédient pour effacer les diffé- rences qui existent entre le riche et le pauvre que de commencer par les diviser en dépouillés et spoliateurs. D'ailleurs il faudrait triompher de la résistance invincible de plusieurs millions de propriétaires, soutenus par le sentiment de leurs droits et la conscience du genre humain; et beaucoup qui se sont laissé entraîner par les promesses du but , sans réfléchir à l'immoralité du chemin, reculeraient devant une telle lutte.

Mais quand, par surprise ou par quelque violente révolution, la République sociale, pour laquelle on a déjà versé tant de sang , s'empare- rait du pouvoir, quand un décret du Comité de salut public confisquerait toutes les propriétés au profit de l'État , qu'y gagnerait le travailleur ?

Si aujourd'hui il y a plus de bras que d'ou- vrage, l'État sera-t-il plus habile à trouver des moyens de les employer que l'industrie privée , si active et si ingénieuse ?

Si le capital manque au travail, l'État trouvera-t-il plus d'argent ?

Si la consommation ne suffit pas aux besoins de la production, l'État trouvera-t-il plus d'acheteurs et tirera-t-il meilleur profit des choses et des hommes quand il aura enlevé à l'activité humaine l'aiguillon de la nécessité, le stimulant de la propriété, l'espérance de travailler pour la famille et de léguer aux enfants le prix des labeurs ?

Enfin si un faux calcul, une mauvaise spéculation, une guerre, une révolution atteint et paralyse les forces du commerce et le développement du travail libre, les mauvaises mesures, les accidents politiques et financiers n'auront-ils pas leur influence désastreuse sur le crédit et sur le travail commun ?

On se défie de la puissance du maître, de la cupidité de l'industriel, de l'égoïsme du propriétaire, et c'est pour arracher l'ouvrier à cette dépendance qu'on en fait l'esclave du gouvernement. On a peur de l'usage que chacun peut faire de son capital pour opprimer le pauvre travailleur, on ne veut pas de l'exploitation de l'homme par l'homme, et on remet entre les mains du pouvoir, c'est-à-dire de quelques-uns, toutes les forces sociales et on abandonne l'ouvrier à leur toute-puissance.

Aujourd'hui, au moins, s'il est maltraité, il peut quitter son atelier, changer de patron, et même d'état, s'il trouve des conditions meilleures ; mais, dans la société nouvelle, il faudrait demeurer où la loi vous attacherait, attendre ses destinées du caprice d'un fonctionnaire, et, soldat obligé de la grande armée industrielle, rester à son poste, qu'il convienne ou non, et obéir au moindre signe sous peine de révolte.

Quelle garantie donnerait-on contre l'excès de ceux qui disposeraient en même temps du pouvoir et de la fortune de tous ?

Le despotisme invoquait les mêmes arguments et faisait les mêmes promesses. Il craignait pour le peuple le danger de la liberté ; il se chargeait de le protéger contre les inégalités ; il prétendait avoir reçu de Dieu la mission de le sauver de l'exploitation humaine, en pensant, agissant et voulant pour tous. L'histoire dit comment la plupart du temps s'exerçait cette toute-puissance ; et, chaque fois qu'on est parvenu à lui arracher quelque chose de son monopole, l'humanité a fait un pas, et cela s'appelait conquérir une liberté.

La Convention a investi de la plénitude du droit

social le Comité de salut public, et on sait comment il s'y prit pour détruire les inégalités.

L'esprit humain a trop goûté des beaux fruits de la liberté pour se plier à de tels systèmes, même au prix du bien-être dont on veut dorer son esclavage. Le lendemain du triomphe du socialisme, la personnalité humaine protesterait contre le niveau de la loi ; elle recommencerait ses efforts anciens, et reprendrait la route qu'elle a si péniblement parcourue ; l'intelligence, la prévoyance, l'énergie seraient ses complices et arracheraient peu à peu à la communauté quelque chose de son bien et de sa puissance, le moine-ouvrier tendrait sans cesse à sortir de son couvent, le soldat-ouvrier déserterait sa caserne, le père conspirerait pour son fils déshérité ; ces fugitifs et ces rebelles formeraient bientôt une opposition irrésistible, et la liberté, en révolte contre cette égalité tyrannique, la briserait dans une révolution. Et pour qui s'exposerait-on à de telles expériences, à de si amers désappointements ? Le socialisme parle au nom de tous les travailleurs, il se déclare leur cause, et il ne se préoccupe que de la plus petite minorité. Les ouvriers agricoles, les artisans de la plupart des villes qui ont leurs débouchés assurés, n'ont rien à craindre de la concurrence ; tous ses arguments, tous ses griefs, le socialisme les puise dans le travail des manufactures, qui occupe en France quatre ou cinq millions sur trente-six, et le résultat définitif de la pratique d'une telle doctrine, si elle était possible, serait de multiplier les places et de créer des fonctions en faveur d'une nouvelle aristocratie du travail, et d'imposer des sacrifices à toute la France au profit de quelques grands centres d'industrie et de population.

Quelle que soit l'imperfection de la société actuelle, le socialisme a perdu le droit de l'attaquer. Confondant son avénement avec celui de la République, il s'est mis à l'œuvre le lendemain de la Révolution de février, il a eu sa place au gouvernement provisoire, son parlement au Luxembourg, son armée aux ateliers nationaux; il a proclamé ses doctrines dans la presse et à la tribune, il a rendu ses décrets, enfin il a livré bataille dans les rues de Paris, et partout il a été vaincu. Ses chefs ont fui devant la justice du pays ou l'attendent en prison; ses orateurs, isolés et désavoués par tous, n'obtiennent pour leurs théories que la patience de l'Assemblée nationale, lorsqu'elles échappent aux condamnations unanimes de l'ordre du jour; ses soldats sont transportés, et les populations elles-mêmes poursuivent de leur haine et menacent de leur colère qui-

conque est soupçonné de lui appartenir. C'est
que déjà le socialisme a fait à la France plus de
blessures qu'elle n'en avait reçu de tous les systèmes qu'il attaquait. Il lui a coûté plus cher que
tous les abus du passé. La menace de son
triomphe, la manifestation de ses doctrines ont
détruit la confiance, annulé le salaire, arrêté le
travail, et ses premières victimes ont été précisément celles qu'il avait la prétention de sauver :
car, à son apparition, les riches, les heureux ont
tremblé dans leur fortune et ont souffert dans
leur luxe, le capital a diminué ; il a fallu quitter
les recherches du bien-être, et pour beaucoup
le superflu est descendu presque au strict nécessaire ; mais à l'ouvrier, le socialisme a enlevé son
travail, et au pauvre son pain ; et, après avoir
fait leur ruine, il les a conduits à la révolte et à
la mort. Des hommes honnêtes, actifs, intelligents, à qui le travail libre ouvrait la route de la
fortune et assurait l'estime de tous, se sont laissé
prendre à ces inapplicables théories ; entraînés
par leur ignorance des conditions auxquelles a été
soumis le monde, et par l'espoir de préparer à
tous un meilleur avenir, ils ont maudit la société
telle que l'avaient faite leurs pères, la liberté con-
quise par tant de patience et de travaux ; ils ont
dépensé à la poursuite d'une perfection idéale et

d'une égalité impossible tout ce que Dieu avait mis en eux de courage, de résignation et de charité : et les voilà maintenant forcés de traduire leurs rêves en haine et en vengeance, de conspirer, de tirer des coups de fusil dans les rues. Quelle triste conclusion, et qu'une telle logique renferme d'enseignements ! Mais le socialisme ne s'est pas arrêté au présent, il a découragé la bonne volonté future, et rendu plus difficile le progrès dans l'avenir. Par la réprobation qu'il soulève, il a préparé des prétextes à l'égoïsme, des arguments à la cupidité ; pendant longtemps son ombre se dressera entre l'opinion publique et les idées de justice, d'égalité, d'améliorations sociales, vers lesquelles le mouvement était unanime.

Pendant longtemps les meilleures intentions, les plus charitables projets hésiteront et fuiront peut-être devant le soupçon de socialisme.

Puisse-t-il ne pas faire à la fraternité le mal que la terreur a fait à la liberté !

CHAPITRE III.

DE L'INDIVIDUALISME.

A l'opposé du socialisme, une doctrine qui compte un certain nombre de partisans parmi les

économistes, et a adopté la fameuse formule du
laisser-passer et du laisser-faire, borne la mission
de la société à des fonctions de police, lui refuse
à peu près toute action dans la lutte contre le
paupérisme, et répond par une négation presque
absolue à la question sociale. Cette école défend
la liberté avec le même acharnement que l'attaque
le socialisme, attribue autant de bien à la concurrence que celui-ci lui reproche de mal, et rend
à l'individu tout ce que son antagoniste veut donner à l'État. A ses yeux toute intervention de la
loi entre le patron et l'ouvrier, le capital et le
travail, pour diminuer la concurrence, limiter
les heures, fixer le salaire, est une usurpation
sur les droits individuels punie immédiatement
par la fuite de la confiance, la disparition du
crédit, l'éloignement de l'acheteur, et par conséquent par le chômage ; elle ne veut pas plus de
la protection pour l'ouvrier dans l'atelier que
pour les industriels aux frontières, et prétend
que chacun doit marcher dans la vie à ses risques
et périls, avec son activité, sa prudence et sa
persévérance, et non avec les lisières et la per-
mission de l'État.

Quant aux misères particulières qui naissent
des faiblesses, des incapacités naturelles ou des
fautes, la société n'a pas à s'en occuper, elles

sont du domaine de la bienfaisance privée ; toute mesure législative pour soulager la misère l'aggraverait au lieu de la diminuer, donnerait une prime à la débauche, un encouragement à la paresse, conduirait infailliblement à la taxe des pauvres si fatale à l'Angleterre, et trop souvent enlèverait à une souffrance méritée le caractère providentiel de l'expiation : ainsi cette école remet le soin de combattre les causes générales et extérieures du paupérisme à la liberté du travail, et les causes accidentelles et personnelles à la liberté de l'aumône et de la charité.

On a beaucoup accusé les partisans de l'action individuelle d'inhumanité ; on a fait peser sur eux la responsabilité des formules peu fraternelles de Malthus ; mais, si quelques-uns, à la suite de ce célèbre économiste anglais, paraissent n'avoir en vue que de débarrasser la société du fardeau des souffrances humaines, et vouloir abandonner la vie du pauvre à la fatalité de la nature, au hasard de la mendicité ou plutôt aux corrections mystérieuses de la Providence, un grand nombre ne partagent pas cette indifférence. En interdisant à l'État toute action sur la liberté du travail, ils ont la conviction de défendre les intérêts réels du travailleur ; ils veulent que le pauvre soit secouru, le malade visité, l'orphelin adopté ; mais, dans leur défiance de l'État, ils le déclarent incapable de cette sublime fonction et la réclament pour l'individu mieux inspiré, plus compatissant ; ils attaquent la charité légale, non au profit d'une sordide économie ou d'une coupable insouciance, mais au profit de la charité privée, qu'ils croient plus intelligente, plus généreuse, plus pénétrée de ses devoirs, et qui apporte la liberté du dévouement à la place des nécessités administratives, le discernement au lieu de la règle aveugle, la vertu au lieu de la loi.

Malgré le respect que méritent la liberté et la charité, ces deux magnifiques priviléges de l'homme ne peuvent suffire complétement à l'immense tâche qu'on leur impose ; la liberté n'at-elle pas sans cesse besoin de la protection de la loi contre la violence et la fraude ? Et la charité privée, dans les conditions actuelles, après l'abolition des propriétés religieuses, dont une partie formait le patrimoine des pauvres, serait dans l'impossibilité absolue de soulager la misère si elle était abandonnée à ses seules forces (1). La

(1) Les œuvres, les associations si dévouées et si multipliées à Paris et dans les grandes villes, sont fort rares dans les petites, et à peu près inconnues dans les communes rurales. Et là même où elles s'exercent avec le plus de zèle et de succès, leur action est très-limitée par l'extrême disproportion entre leurs ressources et les maux qu'elles sont appelées à guérir. Le revenu des quêtes, souscriptions, bals,

doctrine que nous venons d'exposer est donc trop
exclusive et dépasse le but qu'elle veut atteindre.
Si le socialisme exagère le pouvoir et le devoir
de la société, l'individualisme méconnaît sa mis-

concerts, obtenu par les associations de charité au profit des
pauvres de la ville de Paris, ne dépasse pas la moitié de la
somme affectée par l'administration des hospices aux secours
à domicile, et celle-ci a dû fournir, en outre, pour le service
hospitalier, 10,326,500 francs en 1847.

Trois ou quatre Sociétés qui recueillent les orphelins et les
enfants dénués de toutes ressources ne peuvent, en réunissant leurs efforts, aller beaucoup au delà de cent adoptions,
tandis qu'à Paris, il y a chaque année 4,500 orphelins et
enfants trouvés.

La Société de la Miséricorde, qui s'occupe des pauvres
honteux, ne reçoit pas assez pour donner à chaque famille
plus de cinq francs par an, si elle devait secourir toutes les
familles.

L'Œuvre des Apprentis ne peut ouvrir ses écoles du soir
que pour 1,200 apprentis sur plus de 20,000 qui en auraient
besoin. Enfin la Société de Saint-Vincent-de-Paul, établie
dans tous les quartiers de Paris, dont les membres jeunes,
dévoués, intelligents multiplient sous toutes les formes l'action de la charité libre, n'arrive à visiter que 4,000 familles,
lorsque, année commune, il y en a 30,000 secourues par
les bureaux de bienfaisance.

D'un autre côté, il ne faut pas oublier que les sœurs, dont
la vie est une application si complète de la meilleure des
charités, ne sont soutenues à Paris et presque partout ailleurs dans les hospices et les maisons de secours que par
l'assistance publique, et que là, au nom de la société, elles
font un bien que ne sauraient égaler les œuvres. Nous ne
parlons pas de la charité tout à fait individuelle, qui agit
isolément, et donne sans doute à elle seule plus que la charité publique et les associations; ses ressources ne peuvent
être évaluées, mais l'énormité de ses aumônes ne parvient
pas à combler le déficit que creuse la misère: chaque jour,
on est bien plus frappé de l'insuffisance que de l'excès des
secours.

sion et son but. En la dépouillant du plus précieux de ses droits, celui de protéger et de faire
le bien, il la livre sans défense aux malédictions
de ceux qui souffrent; en la déclarant inhabile à
soulager leur misère, il semble les inviter à demander à ses adversaires un ordre social mieux
ordonné et plus humain. Comment, en effet, bé-
nir et entourer d'affection une loi si habile à
poursuivre, si puissante à frapper, et qui serait
sans force et sans moyens lorsqu'il s'agirait de
relever et de secourir? Comment défendre dans
son cœur contre les excitations des sophismes et
de la misère une société si riche pour lever des
armées, si pauvre pour donner du travail et du
pain, et qui n'entrerait dans la maison de l'ouvrier que pour lui enlever son fils comme soldat,
et diminuer par l'impôt son salaire?

On a fait de la société une singulière création.
Elle se présente au plus grand nombre sous la
forme du percepteur qui ruine, du gendarme
qui arrête, du juge qui condamne, de l'exécu-
teur qui emprisonne ou fait mourir, et on a peur
de la montrer à tous comme une mère et une
protectrice. On lui demande la fierté, l'orgueil,
l'ostentation, on veut qu'elle défende notre honneur, qu'elle soit susceptible à l'injure, prompte
à la vengeance; on lui passerait au besoin une

mauvaise querelle, pourvu qu'elle la soutienne avec courage et soit la plus forte, on applaudirait même à une velléité de conquête, mais on craint qu'elle soit pitoyable au faible, miséricordieuse au pauvre ; on lui permet des passions, on lui refuse des vertus, et lorsque les meilleurs esprits n'ont cessé d'en médire, de la mettre en suspicion, ont cherché, non à la perfectionner, mais à lui ôter toute influence, tout ce qui commande le respect, lorsque ceux-mêmes qui la défendent le mieux aujourd'hui invoquent comme argument l'impossibilité où elle est de faire beaucoup pour ceux qui souffrent ; on s'étonne que le peuple, qui sent combien il a besoin de sa puissance et de sa protection, se plaigne de son insuffisance, la méprise, et en demande une autre. Dieu lui a donné un meilleur appui que la force, et elle doit vivre autrement que par la crainte de ses membres. Elle est aujourd'hui l'expression de la volonté de tous, ceux qui la représentent sortent du suffrage universel et de la pensée du pays : elle ne doit pouvoir manquer à aucun des devoirs imposés à tous les hommes ; comme eux, elle est obligée d'être juste, généreuse, et de n'accepter pour limites au bien qu'elle doit faire que les droits de chacun et l'intérêt de celui qui a besoin d'elle. Il faut que le peuple reconnaisse, dans sa

sollicitude pour tous, ses propres instincts de dévouement et de fraternité, la révère comme l'écho
de sa conscience, l'aime comme la manifestation
de sa charité, et que la raison d'État qui a servi
de prétexte à tant de crimes ne diffère plus de
celle de chacun de nous.

En confondant ainsi la morale politique et celle
de l'individu, la liberté trouve sa meilleure sauve-
garde ; car la société ne peut pas plus qu'un de
ses membres porter la main sur la propriété, al-
térer la famille, abuser de ses forces au gré de ses
besoins ou de ses théories, élever la fortune des
uns sur la spoliation des autres, et commencer
une bonne œuvre par une mauvaise action. Mais,
en même temps, il ne lui suffit pas d'opposer à
des sophismes des raisonnements et d'avoir raison
contre de fausses idées. Aux yeux de la multitude,
les preuves sur lesquelles repose la vérité sont
souvent plus compliquées et plus difficiles à saisir
que les prétextes dont on flatte les passions et
dont on décore le mensonge.

Que la société sache donc se défendre surtout
par ses actes, qu'elle ne se réfugie pas dans le
droit strict que les jurisconsultes eux-mêmes
taxent d'iniquité, qu'elle justifie son organisation
et les sacrifices qu'elle impose par le bien qu'elle
peut en tirer, qu'elle réponde aux accusations

par des bienfaits, en sorte que toute attaque contre elle ne soit plus seulement un délit, mais une ingratitude, et le peuple, qui est plus juste qu'on ne pense, lorsque des excitations politiques ou des crises passagères n'obscurcissent pas son jugement, saura bien reconnaître ce qu'elle aura fait pour lui (1).

CHAPITRE IV.

DES DEVOIRS ET DU POUVOIR DE LA SOCIÉTÉ.

La société ne doit donc pas être, comme on l'a vu trop longtemps, l'application des forces, des capacités, du produit de tous, à la fortune et à la grandeur d'un seul ou de quelques-uns. Elle n'est pas, comme le disent les socialistes, la mise en commun de tout le travail, de tous les revenus, aux dépens de la propriété et de la personnalité humaine.

Elle n'est pas, comme le pensent les individua-

(1) Sous le régime ancien, lorsque l'État était personnifié dans un homme, le peuple prenait pour l'âme de la société celle du prince; il souffrait et était honteux de ses vices, jouissait et était reconnaissant de ses vertus et du bon emploi qu'il pouvait faire de la force et du pouvoir social, et confondait dans son affection pour lui le dévouement à la patrie. Aujourd'hui, le pouvoir est partagé entre le grand nombre, mais il représente toujours la société, et c'est la manière dont il est employé pour le bien ou le mal qui recommande la société à la haine ou au respect de tous.

listes, une simple forme, un mécanisme sans entrailles qui laisse chacun au hasard de sa destinée.

Elle est d'abord, et avant tout, une grande association de défense, d'assurance, de protection mutuelle, formée par Dieu lui-même, entre les hommes, et dans laquelle chacun apporte une petite partie de ce qu'il peut et de ce qu'il possède, pour conserver l'entière disposition du reste et obtenir, par le bon emploi de ce fonds commun, ce que dans son isolement il n'aurait jamais pu atteindre.

Souvent, lorsque des ouvriers, n'ayant que leur bonne volonté pour fortune, veulent assurer leur précaire destinée contre les atteintes de la maladie et du chômage, et préparer le nécessaire à leurs vieux jours, ils ne mettent en commun ni leur travail ni leur salaire, ils n'enchaînent pas leur indépendance à toutes les exigences de la vie commune; chacun reste maître des conditions, de la nature, des heures de son travail, du choix de sa nourriture et de son habitation : seulement, chaque mois, ils détachent une petite portion de leur salaire et en forment une bourse commune destinée aux soins des malades, à l'entretien des inoccupés, à la modeste pension des vieillards. Ce léger sacrifice leur assure la libre disposition de tout le reste ; ils peuvent l'employer, sans s'inquiéter de l'avenir, aux nécessités ou aux distractions du moment, aux besoins de la famille, à l'augmentation du bien-être, au progrès de l'établissement ; et, si celui qui ne manque jamais de santé et d'ouvrage ne retire pas sa part de secours, si une mort subite et prématurée doit lui enlever les avantages promis à sa vieillesse, il a gagné du moins la sécurité pendant sa vie et la douce consolation de faire profiter le faible, le malheureux d'un peu de ses forces et de ses sueurs, et d'ajouter quelques bons jours à la vie de ceux qui doivent lui survivre.

Cette petite association est l'image et comme le reflet de la société telle qu'elle doit se montrer envers ceux qui souffrent. Si son principal but est de garantir la libre application des forces, de l'intelligence, de la volonté de tous à l'amélioration de leur sort, il est aussi dans ses devoirs d'ajouter, autant qu'il est en elle, et sans rien restreindre du droit des autres, à la force, à l'intelligence, à la volonté de ceux qui n'en ont pas assez pour avancer sans appui et vivre de leur isolement.

Elle était donc fidèle à sa mission lorsqu'elle dégageait la route du bien-être des obstacles légaux, des entraves de convention, et rendait ainsi le travail et la propriété accessibles à tous; mais elle n'achèverait pas sa tâche et son action serait une illusion pour beaucoup, si, devant cette route ouverte, elle ne préparait à la longueur et à la difficulté de la marche ceux qui doivent l'entreprendre, si elle ne prêtait l'appui de son bras aux faibles et aux fatigués, si elle ne venait relever ceux qui tombent et porter ceux qui ne peuvent marcher.

Or, à chaque instant de sa vie, le pauvre ouvrier chancelle et succombe sous les embarras de sa marche et le poids de son infériorité. Souvent, abandonné le jour même de sa naissance, il n'a ni mère pour le nourrir, ni père pour veiller sur lui; et, lors même qu'il reste dans sa famille, il a besoin d'être protégé contre l'insouciance de ses parents, qui, pour aller travailler au dehors, l'enferment ou le laissent vaguer dans les rues; contre leur cupidité, qui l'instruit à la mendicité. Cède-t-il a de mauvaises inspirations, la peine infligée par la loi est encore plus corruptrice que le délit, et la libération, après la peine, le conduit inévitablement à la récidive. Prend-il une meilleure voie, veut-il vivre en travaillant et en apprenant un état, il a besoin encore d'être défendu contre la servitude déguisée sous le nom de l'apprentissage et contre le travail lui-même, qui, dans les ateliers et les manufactures, au lieu de développer et de fortifier l'enfance, l'énerve et la tue.

Arrivé à l'âge d'homme, un tempérament vicié, unique héritage de sa famille, la mauvaise nourriture, l'habitation insalubre lui imposent avant le temps des infirmités qui ne sauraient se passer de secours. Tous les actes de sa vie civile, son mariage, son premier établissement, l'entretien de ses enfants, la défense de ses droits, exigent des avances qu'il va demander à l'usure ; sa destinée est à la merci de tous les accidents et de tous les hasards ; son travail l'épuise, ses distractions le dépravent, ses plaisirs l'énervent, un chômage le ruine, une baisse de salaire le prive du nécessaire, une découverte lui enlève son état, le moindre bouleversement suspend pour lui le pain. L'arrivée d'un enfant, que tant de vœux appellent ailleurs, est pour lui l'occasion de nouveaux sacrifices. La plus légère maladie enlève l'économie de plusieurs années, et la vieillesse elle-même, cette dernière étape où l'homme qui a beaucoup souffert et beaucoup travaillé doit s'asseoir un moment pour se reposer avant de mourir, est l'heure la plus pénible et la plus lourde de sa fatigante journée ; le pain, le vêtement, l'abri, tout s'en est allé avec sa force : il ne lui reste plus qu'à attendre, dans les angoisses du froid et de la faim, une mort sans respect et une sépulture sans honneur.

Qu'à chacun de ces moments un peu d'appui lui manque, et il est perdu, il n'a plus qu'à choisir entre la mendicité qui l'abrutit et le désespoir qui le livre à toutes les mauvaises passions, à toutes les funestes influences, et qui fait à la société un ennemi irréconciliable.

Il importe donc que cet appui ne lui soit pas refusé : sa faiblesse doit être soutenue, son ignorance éclairée, sa chute prévenue, sa décadence relevée ; il faut qu'une main puissante et protectrice intervienne dans cette destinée, non pour la débarrasser des devoirs et des fatigues de la vie, mais pour réparer les forces, réveiller l'activité, empêcher qu'un accident ne dégénère en situation, une erreur en vice, une gêne momentanée en misère permanente ; cette main doit être celle de la société ; car, comme nous l'avons déjà dit, l'État, qui la représente, n'est pas dépositaire de la puissance de tous, seulement pour protéger la frontière contre l'étranger, la maison contre le voleur, la personne contre le meurtrier ; son action s'étend à tout ce qui menace, à tout ce qui attaque, à tout ce qui détruit le bien-être et la vie : l'ennemi, le voleur, le meurtrier de l'ouvrier et du pauvre, ce sont l'ignorance, la maladie, le vice, la misère, l'absence ou l'excès du travail. La société doit donc employer contre eux toute sa volonté et toute sa puissance, et son intérêt est ici d'accord avec son devoir. Aujourd'hui la cause du pauvre est celle du pays ; chaque misère oubliée, chaque plainte méconnue, chaque bras sans travail, chaque âme sans consolation est une menace, une souffrance, un danger pour tout le monde. Jamais l'admirable mais terrible loi de la solidarité que Dieu a mise entre les hommes n'a été plus visible, jamais le mal particulier ne s'est mieux traduit en malaise public, et jamais la société n'a pu dire avec plus de raison que ce qu'elle faisait au plus petit, au plus humble, au plus obscur de ses enfants, elle le faisait à tous.

CHAPITRE V.

RÉPONSE AUX OBJECTIONS.

D'immenses objections sont faites, de tristes exemples sont invoqués contre l'intervention de l'État.

L'Angleterre, en donnant au pauvre, pour compléter ou remplacer le salaire, un droit sur la terre du propriétaire, sur les biens de la commune, lui a créé une propriété sur celle d'autrui, lui a fait un revenu de son inaction et de sa paresse, l'a investi du privilége arraché par nos lois à l'aristocratie, et a rétabli une féodalité de la misère.

On accuse généralement la charité légale de dispenser l'individu de prévoyance, d'activité, d'énergie, de l'accoutumer à préférer la facilité de l'aumône aux fatigues du travail, de l'humilier et de le dégrader en le secourant, de multiplier le paupérisme au lieu de le guérir.

On lui reproche aussi d'éteindre et de ruiner la charité libre, de tarir la source de ses revenus en mettant un impôt forcé à la place des dons volontaires, et en usurpant sur elle, sans savoir s'en servir, le privilége de faire le bien.

Mais il y a deux formes, deux méthodes d'assistance publique, deux manières de la comprendre et de l'appliquer.

L'une, qui justifie toutes les défiances, est administrative et mécanique : elle s'exerce comme un métier, a des agents salariés pour interprètes, voit dans le pauvre plutôt un créancier qu'un pupille, et le prend à sa charge et non sous sa protection ; dépourvue de discernement et de prévision, elle borne ordinairement son action à une distribution aveugle, sans tenir compte ni de la nature des souffrances, ni du degré et de la différence des besoins ; elle attend qu'un ouvrier devienne un pauvre pour l'empêcher de mourir de faim, l'enrôle alors dans la classe des indigents, et lui donne, à ses yeux et à ceux des autres, le triste privilége de demander au lieu de gagner, et de vivre aux dépens de tous.

Celle-là est ordinairement exclusive, jalouse de ce qui se fait mieux ailleurs ; hostile à la charité privée, elle lui dispute les aumônes, prétend accaparer ses ressources et usurper sur son domaine.

L'assistance publique puisée aux sources non de la police, mais de la charité, peut échapper à tous ces reproches.

Ne procédant qu'avec précaution et maturité, proportionnant son appui aux besoins de ceux dont elle s'occupe, elle doit être encore plus prévoyante et protectrice que secourable, et embrasser dans sa sollicitude non-seulement le pauvre, mais tous ceux qui sans son intervention sont menacés de le devenir ; sans négliger les vieillards, les infirmes qui sont condamnés à un éternel secours, elle s'étudiera surtout à prévenir l'indigence, et, quand elle n'aura pu l'éviter, à la guérir. Son but est de donner au malheureux la force de traverser la misère, et non l'occasion

et le désir de s'y arrêter. Son action ainsi enten-
due ne classe pas les individus et ne les humilie
pas en les marquant du sceau officiel de l'indigence ; elle exprime simplement la protection de
la grande famille , qui devient plus affectueuse et
plus vigilante en proportion de la faiblesse de ses
enfants ; en étendant les bras vers tout abandon ,
en prêtant l'oreille à toute plainte , elle aura de
plus à secourir ceux qui aujourd'hui meurent
faute de pouvoir faire entendre leurs prières ou
qui traînent dans la honte et le vagabondage leur
enfance flétrie et leur vieillesse déshonorée ; mais
elle aura de moins ces faux pauvres que son
discernement aura démasqués, et surtout ces
multitudes que leur naissance semblait condam-
ner à la misère, peut-être même au crime, et
qui devront leur salut à ses institutions.

L'assistance publique n'aura ni exclusion ni
défiance ; pour bien faire elle a besoin de tous ,
elle demandera l'aide de la charité religieuse et
libre ; elle voudra , comme elle , être douce , dé-
vouée , miséricordieuse , et, pour le devenir,
elle lui empruntera en toute occasion son zèle et
sa bonne volonté. Elle appellera ses sœurs dans
les hôpitaux , les bureaux de bienfaisance et les
prisons , ses associations pour l'aider dans les
visites et le patronage , encouragera ses essais,

adoptera ses œuvres, lui confiera ses missions les plus délicates, et lors même qu'elle agira directement, elle voudra puiser sa propre autorité dans le suffrage et le concours universels.

La charité privée répondra à cet appel; elle n'est pas égoïste, elle n'enviera pas à la société quelques-unes de ces bénédictions qu'elle-même sait si bien mériter. Quand, dans l'immense tâche qu'elle s'est donnée, elle se saura soutenue et encouragée par l'État, quand elle pourra partager avec lui le fardeau sous lequel elle succombe, quand elle se dira que chacune de ses initiatives et de ses créations, si Dieu lui accorde le succès, aura le pays pour l'appuyer et la force sociale pour en faire une fondation permanente et universelle, elle se dévouera avec plus d'espérance à cette mission personnelle, qu'elle seule peut remplir; elle pourra s'unir sans défiance à l'assistance publique, lui prêter son zèle infatigable, son intelligence du pauvre, sa parole qui va droit à l'âme, et appliquer ainsi son dévouement, non plus au profit de quelques-uns, mais de tous, en contribuant à réconcilier avec la société les malheureux qui prétendent en être les victimes.

Et qu'elle ne craigne pas, comme on le répète trop souvent, de voir tarir la source de ses revenus et le trésor qu'elle distribue. L'exemple de l'État, l'occasion qu'il donnera à tous de s'associer à ses institutions, éveillera partout le sentiment du devoir et l'émulation. C'est lorsque l'administration parle et s'occupe le plus de la misère que les œuvres se fondent et se multiplient. C'est en parcourant les hôpitaux qu'on pense aux malades qui ont besoin de visites à domicile ; la vue d'un bureau de bienfaisance rappelle la faim, la nudité du pauvre, et vous pousse à aller lui acheter du pain et des vêtements. Qui a jamais quitté une sœur au milieu de ses distributions municipales, sans chercher tout le reste du jour à faire quelques économies pour elle ! Hélas ! quand la société aura fait tout ce qu'elle peut, plus même qu'elle ne peut, il restera encore trop de larmes à essuyer, trop de blessures à panser, trop de besoins à satisfaire, et la charité sera bien éloquente lorsque, pour stimuler le zèle de chacun en faveur des infortunes oubliées, elle pourra lui dire : Le pays a fait son devoir, faites le vôtre !

Quant au reproche d'impuissance que font à la société ses adversaires et même ses plus ardents défenseurs, et dont ceux-ci concluent à l'obligation pour elle de rester immobile, les autres à la nécessité d'une révolution, il ne peut être accepté que faute d'apprécier à leur juste valeur les pouvoirs que Dieu a laissés à l'homme.

Lorsqu'on juge l'assistance publique, on attend toujours d'elle ou trop ou trop peu ; on lui demande de tout faire ou de s'abstenir ; on semble avoir oublié qu'il y a une grande place entre le défaut et l'excès, entre l'inaction et la toute-puissance.

Nous n'arriverons malheureusement jamais à supprimer la misère : nous n'avons pas contre elle de remède infaillible.

Tout mal est entré dans le monde à la suite de la liberté, comme notre épreuve et notre punition ; et il ne nous est pas plus donné d'exiler la souffrance de la terre que d'arracher la faiblesse et les passions du cœur de l'homme, et de faire que les corps soient toujours sains, les intelligences éclairées, les âmes droites et sans taches.

Les crises générales qui changent tout à coup tant de fortunes ne sont pas de notre domaine ; il ne dépend pas de nous que tous les vents soient favorables, que la terre soit toujours féconde, et qu'il n'y ait jamais place dans la vie d'un peuple pour une guerre ou pour une révolution.

Promettre de refaire un monde sans douleurs, une société sans misères, c'est rendre la détresse de ceux qui vous écoutent plus triste et leur vie plus misérable ; car c'est opposer une illusion humaine à une loi de Dieu, et, en flattant celui qui souffre d'une espérance impossible, lui enlever la résignation.

Mais la conscience de notre insuffisance ne nous condamne pas à l'inaction : la mort ne nous obéit pas, et cependant, que d'infirmités prévenues par l'hygiène ; que de maladies qui, grâce à la médecine, ne sont pas devenues mortelles ! La charité a déjà allégé le poids des maux, les écoles ont amoindri l'ignorance, les précautions sanitaires éloignent la peste, la science agricole diminue les chances et les effets de la disette, et la sagesse des gouvernements a retardé plus d'une guerre, ajourné plus d'une révolution.

Enfin, l'inégalité est dans la nature, et il y a folie d'espérer faire passer sous le même niveau des forces et des intelligences que Dieu a faites si dissemblables ; et cependant l'éducation diminue les différences, la loi en corrige les effets, et l'histoire de l'humanité n'est que le récit des conquêtes obtenues par la raison publique sur les inégalités naturelles.

La société a donc beaucoup à faire et beaucoup à espérer de ses efforts ; elle a encore des trésors de protection, de secours, de consolation qui peuvent beaucoup contre les souffrances : il ne s'agit que de les développer, de les coordonner avec discernement, de les appliquer avec charité, en un mot, d'unir à la force sociale l'âme et l'intelligence humaines.

CHAPITRE VI.

PRINCIPES DE LA CONSTITUTION DE 1848.

La Constitution de 1848 a adopté dans toute leur étendue les principes que nous venons d'exposer. Malgré l'insistance de la presse et de la tribune, elle n'a pas voulu du droit au travail et à l'assistance, qui accordait aux ouvriers et aux pauvres une sorte d'hypothèque sur la fortune de la France, frappait le trésor public d'un impôt exorbitant en faveur de leur inaction et de leur misère, et conduisait infailliblement l'État à se faire l'entrepreneur de tous les travaux, le distributeur de tous les revenus, et à se mettre à la place de la prévoyance et de l'activité de tous. Mais elle reconnaît à la société le devoir d'élever, *par l'action successive et constante des institutions et des lois, la moralité, les lumières et le bien-être de tous* (art. I);

D'assurer, par une assistance fraternelle, l'existence des citoyens nécessiteux, soit en leur procurant du travail dans les limites de ses ressources, soit en donnant, à dé-

faut de la famille, des secours à ceux qui sont hors d'état de travailler (art. 8);

De favoriser et d'encourager le déveloptement du travail par l'enseignement primaire gratuit, l'éducation professionnelle, l'égalité des rapports entre le patron et l'ouvrier, les institutions de prévoyance et de crédit, l'établissement par l'État, les départements et les communes de travaux publics propres à employer les bras inoccupés, de fournir l'assistance aux enfants abandonnés, aux infirmes et aux vieillards sans ressources et que leurs familles ne peuvent secourir (art. 13); en un mot, d'accorder tout ce que nous avons demandé.

La distinction entre le devoir et le droit, expliquée par la discussion, confirmée par le vote, établit la différence profonde qui sépare le socialisme du système que nous défendons et que la Constitution a consacré.

Le droit est un créancier qui poursuit devant les tribunaux, et même les armes à la main, l'acquittement d'une dette jusqu'à la ruine ou la perte de son débiteur, et vient impérieusement réclamer la part qui lui appartient dans les revenus de l'État.

Le devoir naît d'une source plus élevée et plus

libre : il est l'expression de cette fraternité qui vit dans la conscience de chacun de nous et nous pousse à entourer de nos soins et de notre affection celui de nos frères qui a besoin d'être secouru ou protégé. Il tient compte des circonstances, des difficultés, choisit le mode, détermine les conditions de l'assistance, proportionne le sacrifice aux ressources et aux besoins; le bien que fait la société, en vertu de cette obligation, n'a plus le caractère forcé de la nécessité : il procède d'une action morale et libre, et par conséquent mérite la reconnaissance.

CHAPITRE VII.

REMÈDES CONTRE LA MISÈRE.

Quoique ordinairement les causes du paupérisme s'appellent, s'enchaînent et s'associent pour la perte d'un seul, cependant leur principe et leur action varient, et par conséquent exigent des traitements divers.

Les causes que l'on peut appeler naturelles et individuelles tiennent à la personne, à son organisation, à ses facultés, aux conditions même et aux accidents de la vie.

Toute créature humaine est obligée de passer

par les faiblesses de l'enfance, par les souffrances de la maladie, et n'échappe à une mort prématurée qu'en arrivant plus lentement à son dernier jour à travers les infirmités et la vieillesse.
Trop souvent la misère de l'intelligence et de
la volonté vient aggraver ou remplacer celle du
corps.

L'homme devient pauvre parce qu'il ne peut
pas, ne sait pas, ne veut pas travailler, parce
qu'il ne sait pas ou ne veut pas faire bon emploi
de ce qu'il gagne ou de ce qu'il possède. Il y a
au fond de presque toutes les misères, faiblesse,
ignorance, imprévoyance ou vice.

Contre toutes ces causes la société peut exercer
la triple mission de prévenir, de soulager et de
guérir. A la faiblesse elle opposera l'assistance, à
l'ignorance l'instruction, à l'imprudence la prévoyance, au vice l'éducation, la pénitence et la
réhabilitation ; mais elle n'interviendra qu'à défaut des ressources personnelles, de l'appui de la
famille ou lorsque le service réclamé ne peut venir
que d'elle seule.

ASSISTANCE ET INSTRUCTION DE L'ENFANT.

Les misères de l'enfance seront combattues par
les hospices de la maternité, les crèches, les asi-

les, les écoles, l'éducation religieuse, l'enseignement agricole et industriel, l'ouvroir, les écoles
d'arts et métiers, les fermes modèles, les colonies agricoles, le patronage et la surveillance dans
les ateliers et les usines, l'adoption et la tutelle
des orphelins et des enfants abandonnés, leur placement à la campagne ou dans les établissements.

Les *sociétés* et les *hospices de maternité*
s'occupent de l'enfant même avant sa naissance,
facilitent et protégent son entrée dans la vie, et
lui préparent les langes et le lait que ne pourrait
lui donner sa mère.

Les *crèches*, en recueillant le nouveau-né pendant le jour, permettent à la mère qui le nourrit
d'aller vaquer à ses travaux ; répandues dans les
campagnes, placées à très-peu de frais sous la
surveillance d'une sœur ou d'une mère de famille
que son âge empêche de quitter la maison, elles
sauveraient beaucoup d'enfants de la triste destinée d'être suspendus à des clous des heures entières, de crier, de souffrir, et même de mourir
dans la solitude et l'abandon, pendant que la
mère ou la nourrice est aux champs.

L'*asile* continue et complète le bienfait de la
crèche, donne aux plus petits enfants des habitudes de discipline et de sociabilité, et leur fait

apprendre, en chantant, ces premières leçons, causes ordinaire de tant de larmes.

On a reproché à ces deux institutions de trop isoler l'enfant de la famille et d'exempter les parents des devoirs que Dieu leur a imposés; mais, plus riches, les enfants sont encore bien plus éloignés et pour plus longtemps de la maison paternelle; et d'ailleurs, en ne s'ouvrant qu'aux heures du travail, la crèche et l'asile les enlèvent, non aux soins de leurs parents, mais au plus dangereux des abandons.

L'*école* développe le corps par la gymnastique, l'intelligence par l'étude, moralise par l'obéissance, civilise par le dessin et le chant; mais les écoles actuelles ne suffisent pas. Presque partout elles reçoivent les enfants de 7 à 12 ans, les appliquent toute la journée sur des livres et sur des cahiers, en sorte que le pauvre enfant jeté de bonne heure dans les manufactures, par la nécessité de gagner un peu de pain, ou employé dans la campagne à la garde des bestiaux et aux travaux agricoles, ne trouve jamais l'école ouverte à l'heure de sa liberté; et ceux-là même qui ont fréquenté la classe avec le plus d'assiduité ne peuvent plus y entrer le jour où commence leur apprentissage : l'outil remplace le livre, le travail ne cède plus un moment à l'étude; il faut bien peu de temps passé dans l'atelier pour faire perdre tout le fruit des leçons des premières années.

S'il était possible de mêler l'instruction à l'apprentissage, au lieu de les séparer par des obstacles infranchissables, de prolonger l'étude, de faire commencer plus tôt le travail en partageant dès les premières années entre la classe et l'atelier une journée trop longue quand elle s'applique à un seul exercice, l'ouvrier prendrait l'habitude d'associer à la pratique de son état la culture de son intelligence, et le plus pauvre enfant aurait le temps de suivre l'école sans renoncer à la petite portion de salaire dont il a besoin pour vivre.

Tel est le but des *classes du soir*, qu'il importe d'établir aussi bien à la campagne qu'à la ville, pour les ouvriers, les apprentis, les enfants des manufactures et les petits paysans; tel est aussi celui des ouvroirs, où la jeune fille apprend à la fois à lire et à travailler, et que de récents et heureux essais ont mis à la portée des plus petites communes (1).

Pour les enfants pauvres, qui n'ont d'autres ressources que le travail, l'école doit être gratuite; elle doit être obligatoire pour ceux que leur situation spéciale place sous le patronage de

---

(1) Cormenin, *Entretiens de village.*

la société, comme les jeunes ouvriers des manufactures, les orphelins, les abandonnés, les jeunes libérés, et tous ceux qui sont aidés par les
comités de secours; la protection qu'ils reçoivent
de la société constitue pour elle un droit de tutelle, et, à ce titre, elle surveillera l'instruction
et s'assurera de l'exactitude de tout écolier reçu
gratuitement; l'absence de surveillance en un
grand nombre de communes, rend stérile la
bonne volonté de la loi de 1833. La plupart des
enfants pauvres, abandonnés à eux-mêmes ou à
l'insouciance de leurs parents, paraissent à peine
à la classe où leur place est payée.

Mais l'obligation s'arrêtera là où s'arrête le patronage, et la gratuité ne saurait s'appliquer aux
enfants dont la famille peut payer une pension.
L'Etat et la commune contribuent déjà pour la
plus grande part aux dépenses de l'enseignement,
pourquoi leur en imposer toute la charge lorsque
ceux qui en profitent peuvent supporter, sans
de trop grands efforts, une partie du sacrifice ?

L'État ne saurait être forcé de pourvoir à toutes les dépenses de l'instruction supérieure : trop
de science est souvent un triste don pour celui
qui doit passer sa vie dans un travail manuel; elle
lui rend amer le pain que gagnent ses bras et le
dégoûte de sa position, sans lui donner les moyens

d'en sortir. Il suffira que des bourses, créées par l'État, les départements et les villes, et gagnées au concours, ouvrent la carrière aux intelligences d'élite, aux dispositions remarquables, et ne les exposent pas à languir et à avorter faute d'encouragement et d'appui.

L'*éducation* est le plus puissant moyen d'action sur l'enfance et la jeunesse ; car elle a pouvoir sur la volonté et lui apprend à faire bon usage des forces, des lumières et des ressources.

L'éducation appartient à la famille et à la religion ; mais la loi doit la rendre accessible et populaire en multipliant les édifices religieux, en accordant l'indemnité et la liberté nécessaires aux ministres de chaque culte, et en facilitant à tous, et particulièrement à la jeunesse qui travaille, les moyens de profiter de leurs enseignements.

Le *patronage* des jeunes ouvriers dans les manufactures, les usines et les ateliers, peut seul empêcher l'apprentissage et le travail industriel de dégénérer en servitude et en mécanisme.

La loi de 1844 n'a jamais été qu'une lettre-morte, un semblant de protection. La loi nouvelle devra fixer l'âge d'admission, les heures de travail pendant la journée, l'interdire pendant la nuit et le dimanche, étendre ces prohibitions à tous les établissements, quel que soit le nombre des ouvriers, et organiser pour l'exécution de ces prescriptions un système d'inspection salariée, et de patronage paternel et gratuit, rendu facile par la création dans tous les cantons de comités de prévoyance et d'assistance publiques. La législation déterminera les conditions de moralité et de salubrité pour l'apprentissage, et appliquera aux apprentis la surveillance dont ils n'ont pas moins besoin que les jeunes ouvriers des manufactures.

Les *enfants trouvés* et les *orphelins*, plus malheureux, plus abandonnés que les autres, ont plus à demander à la société. La grande et difficile question de la substitution de l'enquête au secret et du bureau d'admission au tour est pendante depuis longtemps devant l'administration et l'opinion publique. Les statistiques invoquées de part et d'autre n'amèneront jamais à un résultat positif, et prêteront à chaque doctrine des armes et des arguments que récusera l'opinion contraire; car, dans cette question, il y a des faits qui échappent à la constatation humaine, des considérations de moralité qui ne se calculent pas, des raisons qu'on apprécie moins avec la science qu'avec la conscience et le cœur.

La France renferme en son sein des populations de mœurs, d'habitudes fort diverses, et la même règle ne pourrait être appliquée partout et immédiatement sans de graves inconvénients. L'organisation de l'assistance publique à tous les degrés permettra d'étudier les faits, de comparer les expériences ; en attendant, il serait im-prudent de prononcer un jugement définitif, chaque département peut être chargé d'appliquer à l'admission des enfants le régime qu'il croira le plus approprié à la moralité et à la santé publique ; mais, dès aujourd'hui, il est impossible de concilier le sentiment moral avec le secours spécial aux filles-mères : il y a danger à mesurer la bienveillance à la faute et à faire de l'immoralité un titre aux secours et à l'intérêt public.

La réforme de l'éducation et de la tutelle des enfants trouvés ne peut attendre.

Que devient aujourd'hui le pauvre enfant le jour où la honte, la misère ou la débauche l'ont jeté des bras de sa mère dans ceux de la bienfaisance publique ? S'il échappe à l'air meurtrier de l'hospice, on payera pour lui la layette, la nourriture, l'entretien, l'apprentissage ; des subventions seront accordées pour qu'il aille à l'école, fasse sa première communion, et la loi le place sous la surveillance et la tutelle des administrations hospitalières. Mais, le plus souvent, sa nourrice n'aura pas même de lait, l'étable sera sa chambre, la garde des vaches son état ; personne ne s'inquiètera de savoir s'il entre à l'église ou à l'école; placé bien loin de ses surveillants et de ses tuteurs, il n'aura d'autres liens avec eux que celui de l'argent qu'il leur coûte. Après 12 ans, lorsque ceux-ci n'auront plus rien à payer, ils ne sauront plus seulement le nom de leur pupille.

Il importe donc de transporter le patronage et la surveillance aux comités cantonaux et locaux d'assistance, de donner dans toutes les communes un tuteur à chaque enfant, qui le visite chez sa nourrice, à la ferme, à l'atelier, veille à son exactitude à l'école, à la visite du médecin, à l'exécution de toutes les prescriptions de la loi; de faciliter l'adoption de l'orphelin par les sociétés de charité et les individus : c'est ainsi que la société remplira réellement ses devoirs et conduira son protégé jusqu'à sa majorité sans trop lui faire sentir le poids douloureux de son abandon.

Les *colonies agricoles* permettront de donner à un certain nombre une instruction rurale plus étendue et une éducation plus complète et plus morale. Mais les établissements de ce genre ne peuvent être que l'exception, car ils exigent des conditions assez rares à rencontrer et entraînent à de grandes dépenses : même dans leurs plus grands succès, ils isolent l'enfant de cette vie générale à laquelle il est destiné et où il a plus de chances de retrouver une famille.

Les colonies agricoles doivent être des écoles plutôt d'application que de théorie, plus fermes que pensions, exerçant les bras en même temps que l'intelligence : dans ces conditions, elles peuvent bien mériter de la charité et de l'agriculture.

Mais les *écoles industrielles* sont plus difficiles à organiser lorsqu'on veut les resserrer dans les strictes limites d'un apprentissage. On en sort ordinairement plus savant qu'expérimenté, plus ingénieur qu'ouvrier ; et souvent l'élève des écoles des arts et métiers a envié, devant la stérilité de sa théorie, les ressources plus modestes, mais plus sûres, de la pratique.

En général, excepté pour les enfants dont les infirmités physiques et morales exigent des soins spéciaux et une éducation exceptionnelle (les jeunes libérés, aveugles, sourds-muets), la vie de famille, l'atelier, rendu salubre et moral par une bonne loi et une sévère inspection, seront préférables à ces établissements coûteux où l'enfant, retiré pendant plusieurs années du milieu dans lequel il doit vivre, prend des habitudes qu'il ne saurait conserver, et revient plus tard dans la vie commune, sans armes et sans expérience contre ses difficultés et ses dangers.

SECOURS AUX MALADES ET AUX INFIRMES.

La maladie, l'infirmité, la vieillesse seront combattues par l'hôpital, l'abonnement aux médecins, les secours à domicile, l'asile et le secours de convalescence, l'hospice, la pension des vieillards dans la famille et à la campagne, les asiles d'aliénés, de sourds-muets, d'aveugles.

L'*hôpital* est nécessaire pour les maladies et les opérations graves, pour le malade isolé ou trop pauvre, et logé en garni ou d'une manière trop malsaine.

Mais il faut éviter dans une même salle le trop grand nombre de malades qui vicient l'air, rendent les soins impossibles et donnent trop souvent au pauvre patient le spectacle d'un voisin qui meurt de la maladie dont lui-même est atteint. L'hôpital doit être plutôt une infirmerie qu'une école, un lieu de guérison qu'une occasion d'études et d'expériences.

Les habitants des villes profitent seuls des hôpitaux; et, malgré les lois et les instructions ministérielles, les communes rurales ne peuvent faire recevoir dans la ville voisine leurs malades, qui meurent faute de médicaments et de soins. Il serait donc à propos d'établir au chef-lieu du canton un asile ou hôpital où chaque commune ou réunion de communes aurait quelques lits pour ses malades, moyennant un prix modique de journée, et où l'ouvrier, à l'aide d'une petite pension, trouverait des soins et un traitement pour les maladies, et un asile pour la vieillesse.

Ces places payantes auraient le double avantage de diminuer la dépense et d'encourager l'économie, sans débarrasser l'homme de toute responsabilité et de toute préoccupation de l'avenir.

Lorsque le malade a un logement supportable et que sa famille peut veiller auprès de lui, le secours à domicile est préférable à l'hôpital. Il y a des vertus, d'admirables sacrifices dans la famille, des dévouements héroïques dans le voisinage, que la maladie d'un père, d'un ami fait éclore, et qu'il ne faut pas dérober aux pauvres ; le patient n'est pas isolé des siens, il ne laisse pas dans le ménage une place vide que trop souvent vient occuper le désordre. Des médecins payés, afin de pouvoir exiger d'eux l'exactitude, choisis pour leur bonne réputation et leur pratique, sans passer par le concours qui fait briller le professeur mais non le praticien ; des pharmacies où les médicaments, scrupuleusement inspectés, seront obtenus gratuitement sur l'ordonnance du médecin ; des sœurs et des dames de charité pour visiter et consoler le malade, partager avec les pa-

rents les soins qu'appelle son état, vaudront toujours mieux que cette visite rapide d'un médecin
célèbre dans une salle encombrée de souffrances.

Dans les campagnes, l'abonnement de la commune au médecin, sous la surveillance du comité
local, est préférable à l'établissement d'un médecin cantonal, qui, fort loin de la plupart de ses
malades, ne pourrait multiplier ses visites suivant
les exigences du traitement.

La convalescence demande des soins spéciaux.
Rendu à lui-même, le pauvre ouvrier, à peine
guéri, et dont la maladie a ordinairement épuisé
toutes les petites ressources, se trouve dans la
cruelle alternative ou de mourir de faim, ou, en
retournant trop vite au travail, de préparer une
rechute.

Des *asiles de convalescence*, ou plutôt des
chambres de convalescents, et quelques secours à domicile sont nécessaires pour compléter
la guérison.

L'*hospice* pour les infirmes et les vieillards a
soulevé de grandes objections. L'inaction du pauvre, sa séparation complète de sa famille, son association avec toutes les misères, les infirmités,
les dégoûts et souvent aussi avec tous les désordres et les vices de son âge, lui font une vie
triste et douloureuse, et entretiennent au milieu

de ces établissements une profonde dépravation. En prenant entièrement à sa charge l'infirme et le vieillard, en ne lui demandant rien en compensation de sa dépense, la société se grève d'une dette immense. La somme que coûte un pauvre dans un hospice en ferait vivre un grand nombre dans leur famille dans des conditions de bien-être et de moralité meilleures ; une petite pension, venant en aide aux sacrifices des parents, n'obligerait pas le vieillard à quitter sa maison, et, à défaut de famille, le ferait recevoir avec joie chez d'honnêtes gens à la campagne. Là, au moins il pourrait désennuyer ses derniers jours et les utiliser par quelques services ; car il n'y a pas d'âge complétement inutile : et le grand-père, à la maison, peut veiller aux soins du ménage ou garder les petits enfants.

Mais des institutions spéciales sont indispensables pour les infirmités qui isolent de l'humanité : l'épilepsie, l'aliénation, l'idiotisme, etc. Le sourd-muet, l'aveugle peuvent, lorsqu'ils sont jeunes, retrouver par le tact la parole et la vue ; plus âgés, ils ont besoin d'échapper à la solitude que leur font, au milieu du monde, leurs infirmités. A Bicêtre, d'admirables soins sont parvenus à réveiller l'idiotisme et ont rendu quelques lueurs d'intelligence à l'imbécillité. Mais il faudrait mul-

tiplier les asiles pour les aveugles et les sourds-
muets en diminuant leur luxe. L'instruction que
l'on donne à grands frais à quelques-uns ne les
empêche pas, à la sortie de l'établissement, de
traîner une vie misérable : leur maladie les mettra
toujours en dehors des conditions du travail et de
la vie commune. Des asiles qui comprendraient
à la fois l'éducation primaire, l'apprentissage, et,
plus tard, l'exercice d'un état, répondraient mieux
à leurs besoins que ces rares institutions où leurs
premières années sont appliquées à tant de
sciences dont plus tard ils ne savent que faire et
qui ne les sauveront pas toujours de la mendicité.

La loi de 1840, en ouvrant des asiles aux aliénés, a accompli tous les devoirs de la société
envers cette terrible maladie que des soins donnés
à temps peuvent guérir ou du moins tempérer.

Un homme qui a faim, qui est blessé ou malade doit être secouru partout où il se trouve,
sans autres conditions que la vérité de ses souffrances et de ses besoins ; mais l'entrée à l'hospice
demande des titres particuliers et un examen plus
sévère. La société, qui s'engage à se charger
complétement de la destinée du pauvre, mettra
à son admission des conditions positives qui ne
dépendent ni du caprice ni de l'arbitraire.

On a vu plus d'une fois la faveur, si habile à

tout accaparer, ne pas dédaigner la part du pauvre, et la protection être aussi nécessaire pour obtenir une place à l'hospice que partout ailleurs.

Les *bureaux de bienfaisance*, chargés de répartir les secours à domicile à toutes les variétés de la misère, doivent perdre le caractère trop restreint et trop exclusif qui en fait de simples bureaux de distribution; leur pouvoir de faire le bien s'augmentera en réduisant le plus possible les frais d'administration, en développant de plus en plus l'élément gratuit et charitable, en réunissant tous les moyens de prévenir, de moraliser, de procurer du travail, de consoler aussi bien que de secourir; enfin en faisant dépendre la nomination de leurs administrateurs non de la faveur ou des préventions politiques ou autres d'un fonctionnaire, mais du choix indépendant des pouvoirs électifs émanés de la volonté générale.

PRÉVOYANCE.

Élevé dans les écoles, mis par l'apprentissage en possession d'un état, l'adulte, lorsqu'il est dans sa force, ne semble plus avoir besoin d'une protection spéciale; mais la vie est difficile et la chute prompte à celui qui est si près de la misère; il ne lui est pas permis de s'oublier un moment dans les distractions et l'imprévoyance; il n'a pas le temps de se procurer lui-même toutes les ressources de santé, de science et de préservation ; la société est intéressée à lui créer des institutions de crédit, à faciliter son épargne, à conserver ses forces et sa moralité, et à empêcher que le travail du corps ne domine l'intelligence.

Les caisses d'épargne, les monts-de-piété, les sociétés de secours mutuels, les caisses de prévoyance et de retraite, les cours gratuits, les bibliothèques, l'assainissement des logements, la répression de la mendicité, l'interdiction des loteries et des jeux, la répression de tout ce qui se fait ou se publie de contraire à la morale, la police sévère des plaisirs publics et des cabarets doivent concourir à protéger l'ouvrier contre la misère qu'entraînent les accidents physiques et moraux.

La *caisse d'épargne*, en donnant à l'ouvrier un moyen de placer avec avantage et sécurité ses économies, lui offre l'occasion de se créer un petit capital, de commencer sa fortune et de s'élever bientôt au-dessus du simple salarié. Les nécessités financières ont porté aux caisses d'épargne une rude atteinte : il importe de leur rendre leur crédit en les mettant à l'abri des vicissitudes politiques ; il importe surtout de les faire parvenir jusqu'aux derniers villages et de les faire comprendre à tous.

Car la plupart de ceux pour qui sont faites les institutions de prévoyance n'en saisissent ni les avantages ni l'opportunité.

L'ouvrier de la campagne et des petites villes n'a pas, comme celui de Paris, la connaissance facile des personnes et des choses; ceux qui ont le plus besoin de prévoyance et de secours sont les moins aptes à profiter des ressources qui existent pour eux. Vous leur ouvrirez inutilement un asile, une école, une caisse d'épargne, vous les entourerez en vain d'institutions et d'établissements utiles : il faut que le bien se mette, pour ainsi dire, à leur poursuite, qu'il les prenne par la main, les entraîne avec lui. Ils sont si peu habitués à ce que la société s'occupe d'eux autrement que pour leur imposer un travail ou exiger un sacrifice, qu'ils s'imaginent voir un piége dans chaque conseil et un danger dans chaque offre.

Les *monts de-piété* ont surtout pour but d'enlever ceux qui n'ont pas de crédit à la tyrannie de l'usure; mais ils ne doivent pas exagérer l'intérêt qu'ils demandent, sous peine d'imiter le mal qu'ils veulent guérir, ni augmenter leurs dépenses par des intermédiaires inutiles. Un intérêt modéré qui ne ruine pas l'emprunteur, sans l'inviter à se dépouiller du nécessaire pour quelques fantaisies, des conditions de vente tendant à

5

donner le plus de valeur possible aux objets qui ne peuvent être retirés, la suppression des commissionnaires, les plus grands obstacles mis à la vente des reconnaissances, qui deviennent une hideuse spéculation sur la misère, l'application des bénéfices à la formation d'un fonds commun destiné à modérer l'intérêt exigible, sont les premières conditions d'une bonne loi sur les monts-de-piété.

Il serait important d'établir des maisons de prêt à la portée des habitants de la campagne, dévorés par l'usure; les outils, les meubles, une partie des récoltes pourraient peut-être servir de gages et empêcher d'aliéner les fonds et de couvrir d'hypothèques la petite propriété. Mais il faut se garder de tous ces systèmes qui prétendent mobiliser le sol, faciliter le prêt sur les immeubles, et, à l'aide de papier-monnaie, mettre la terre en circulation, comme les autres marchandises.

Il ne faut pas, dans l'intérêt de tous, que les vicissitudes qui emportent si vite les fortunes industrielles puissent atteindre avec la même facilité celle qui naît de la terre. Au milieu du tourbillon qui menace d'engloutir le bien-être et met d'un seul coup en poussière tout l'édifice financier, il y aurait imprudence extrême à imprimer à l'élément fixe et solide de la fortune publique et privée les oscillations et les mouvements de la spéculation et de l'industrie.

De toutes les institutions de prévoyance, aucune n'est plus digne d'encouragement et de faveur que les *associations de secours mutuels* et les *caisses de retraite* : elles garantissent l'ouvrier contre les accidents et les difficultés de la vie avec le seul fruit de ses épargnes. C'est à son travail, à son économie que le sociétaire doit le secours qu'il reçoit ; et son intérêt se trouve ici d'accord avec le dévouement à ses frères : car, en assurant son bien-être, il contribue à celui de tous.

Aujourd'hui l'association est, dans la pensée des ouvriers, le grand remède à tous leurs maux, à toutes leurs misères ; ils veulent mettre en commun le travail, le salaire et le secours, espérant se substituer aux intermédiaires qui les séparaient de l'acheteur et ajouter à leur salaire le bénéfice que réclamaient le maître et le marchand. L'association des ouvriers entre eux ou des maîtres et des ouvriers est un des droits les plus légitimes, quelquefois les plus heureux, de la liberté du travail, et nul système ne paraît meilleur pour faire cesser la guerre entre le capital et travail que de les associer, que de faire entrer le travailleur parmi les industriels, que de changer en un mot son salaire en bénéfice. Déjà plusieurs grandes industries ont admis leurs ouvriers au partage des bénéfices, et il est du devoir de l'État d'écarter dans les lois tous les obstacles qui pourraient gêner le droit d'association. Si même il plaisait à quelques-uns d'occuper ensemble la même maison, de se plier à toutes les exigences de la vie commune, personne n'aurait le droit de leur interdire ce genre de vie. Chacun aujourd'hui doit être libre d'entrer dans une communauté. Ici, comme ailleurs, l'État doit veiller à la liberté, à la sincérité des transactions, faire étudier avec soin le résultat des expériences achevées ou en voie d'exécution, favoriser avec mesure quelques nouveaux essais; mais il ne saurait se charger, comme on le lui demande quelquefois, de fournir le capital à des établissements de ce genre : de tels sacrifices, loin d'être favorables aux ouvriers, seraient une injustice pour ceux qui ne veulent ou ne peuvent s'associer; ce serait confisquer, au profit de la communauté de quelques-uns, la liberté de tous, et arriver par une pente rapide aux déceptions de l'organisation du travail. Quant à ce système qui espère unir dans une organisation générale et sous une loi commune tous les salaires et faire de tous ceux qui travaillent une seule association, il faut le ranger parmi ces utopies qui, ne tenant compte ni des instincts de l'humanité ni des conditions sociales, poursuivent, dans le domaine des théories, un but inaccessible, et jettent à l'activité sans expérience une espérance irréalisable.

Mais la société de secours mutuels, la caisse de retraite, les asiles où la vieillesse trouve un abri moyennant une pension modique sont à la portée de tous, n'entravent en rien le mécanisme de la société, et doivent être soutenus en tous lieux et en toutes circonstances. Une direction éclairée, une inspection sévère fermant la porte à toute fraude, à toute négligence, des conditions de bonne administration et de juste comptabilité mettant les sacrifices de l'ouvrier à l'abri des mauvaises gestions, et même, en certaines circonstances, une subvention pour faciliter la première formation du fonds commun, populariseraient ces institutions et étendraient leur bonne influence.

On a proposé, dans ces derniers temps, d'imposer à chaque ouvrier et à chaque maître une retenue sur les bénéfices et les salaires pour former une caisse générale de retraite en faveur des ouvriers; mais cette obligation, contraire à la liberté et presque impossible à réaliser pour un grand nombre d'industries, serait une immense responsabilité pour l'État. L'impôt sur le travail constituerait pour celui qui le paye un droit strict et direct à l'assistance, et ne serait jamais en rapport avec la charge qu'il entraînerait pour la société, à cause des difficultés de perception et des mille circonstances où il serait inapplicable. Le devoir de l'assistance publique est bien moins ici de créer que d'encourager, d'agir que de diriger, et, comme nous l'avons dit plus haut, de faire étudier les questions, d'en vulgariser les solutions, de veiller à leur bonne application et à leur propagande.

Le logement des ouvriers appelle une grande réforme : leurs réduits, souvent humides et infects, engendrent la maladie, les infirmités, la vieillesse anticipée, et leur refusent ce qu'il faut d'air et de lumière pour ne pas s'étioler et mourir.

La loi qui impose un alignement aux maisons nouvelles, quelquefois même détermine la forme et la nature de leurs matériaux, pour la largeur des rues et la beauté des villes, n'a-t-elle pas le droit d'imposer des conditions de salubrité et d'espace pour protéger la santé et la vie ? et, lorsqu'on lui reconnaît le pouvoir d'exiger la démolition d'une vieille maison qui menace ruine et pourrait dans sa chute écraser celui qui l'habite, le lui refusera-t-on lorsque la maison menacera de tuer lentement au lieu d'écraser d'un seul coup?

Il n'est pas besoin d'insister sur les mesures qui tendent à diminuer l'ivrognerie, la débauche, à rendre le vice moins accessible à tous. Le vice a fait plus de pauvres que la maladie ; c'est par lui que l'ouvrier arrive au vagabondage, pour, de là, se laisser conduire au crime ; et il ne faut pas s'étonner des désordres et des misères accumulés, lorsque, à chaque pas, à toute heure, le cabaret tente le père de famille et lui arrache son salaire, lorsque tant de bals publics invitent à la débauche et font une fête de l'immoralité, et qu'entraînées par l'ivresse de ces fougueux plaisirs, des femmes jeûnent pour cacher un moment leurs haillons sous un costume et tombent d'inanition au milieu d'une orgie (1).

Mais, en éloignant, en atténuant les occasions de chute, il faut veiller au développement de la raison et de l'intelligence, ne pas laisser éteindre les lumières morales, multiplier les moyens d'instruction, continuer, par des lectures saines, par des cours scientifiques, par la formation de biblio-

(1) Historique.

thèques où de bons ouvrages entretiennent le goût du beau et l'amour du bien, cette éducation que commencent les livres et que les faits doivent achever.

La répression de la mendicité, entreprise depuis quelques années, suspendue par les malheurs de ces derniers temps, est digne de tous les soins de l'administration; cette fille du paupérisme dégrade l'âme, déshabitue du travail et engourdit toutes les facultés humaines. Les dépôts de mendicité tiennent à la fois de l'hôpital et de la prison; ils ont, en effet, pour but de punir un délit et de guérir une infirmité; et il importe d'attacher surtout à ces établissements un caractère de correction. Avec le développement bien entendu de l'assistance publique, il sera facile d'enlever au pauvre tout prétexte de mendier et de l'arracher à l'oisiveté; mais quand elle est invétérée, la mendicité est encore plus une maladie qu'un vice; elle doit être soumise à un régime sévère, à une hygiène appropriée à l'âge, aux habitudes du malade; et, de ce côté, la société a beaucoup à faire. Il faut qu'en passant par le dépôt le mendiant se dépouille de son inactivité et en sorte avec la volonté de n'y plus revenir.

La société empêchera une situation déjà chancelante de s'aggraver et d'atteindre la misère, en protégeant le nécessiteux dans ses procès, en lui fournissant une défense gratuite et en diminuant pour lui les frais de procédure (1), les droits de timbre, d'enregistrement, etc., en l'exemptant des charges trop lourdes qui pèsent sur les actes de sa vie civile, en diminuant autant qu'il est possible les impôts mis sur les objets de première nécessité, comme le sel, la viande, etc., en lui venant en aide lorsque la famille devient trop nombreuse et trop chargée de bouches inutiles.

RÉHABILITATION.

Malgré les leçons de l'éducation, de l'instruction, de la prévoyance, l'homme est faible; et celui qui est condamné à lutter sans cesse contre

(1) Voici ce que coûte à un homme, qui souvent n'a pas assez d'argent pour dîner, la poursuite des droits les plus sacrés (*) :

Demande en séparation de corps, sans enquête.	276 fr.	18 c.
avec enquête.	571	69
Action en désaveu d'enfants, sans enquête.	205	72
avec enquête.	519	97
Réclamation d'état, sans enquête.	194	»
avec enquête.	518	25
Déclaration d'absence.	139	50
Rectification d'état civil., ...	43	60
Demande en nullité d'emprisonnement. . .	84	05
— en reddition de compte de tutelle.	349	14
— en dommages-intérêts, fondée sur un délit et un quasi-délit.	170	12
avec enquête.	484	41

(*) Du Benx, *Études sur l'institution de l'avocat des pauvres.*

les privations est plus souvent tenté et doit tomber plus vite que les autres ; il cède aux séductions des mauvais conseils, à l'entraînement d'une nature sans frein et de passions sans règle, et la sévérité de la loi s'empare de lui ; mais la loi ne doit pas imiter ceux qu'elle atteint : elle est sans colère et par conséquent sans vengeance. La justice frappe pour réhabiliter et punit pour rendre meilleur (1), et l'expiation, pour être salutaire, a besoin de faire entrer avec elle la charité dans la prison.

C'est un honneur de notre temps d'avoir compris le véritable sens de la condamnation et basé les rigueurs de la loi sur l'intérêt même du coupable. Le système pénitentiaire tant prôné de nos jours espère améliorer le prisonnier solitaire et le sauver de la récidive ; mais jusqu'ici il n'a réellement résolu que la moitié du problème, il a isolé le coupable de ses complices et de ces maîtres de crime qui professaient dans la prison commune et donnaient rendez-vous à leurs élèves, au premier jour de liberté, pour l'application de leurs

(1) La peine de mort n'arrive pas à ce résultat ; aussi ne doit-elle être prononcée que contre des crimes irréparables. La législation tend à rendre de plus en plus rare son application. Puisse-t-elle un jour disparaître de nos codes ! Mais n'oublions pas qu'aujourd'hui, de l'aveu même des grands coupables, supprimer la peine de mort contre eux, c'est l'établir contre les honnêtes gens.

infâmes leçons; mais il ne l'a pas encore assez rapproché des bons conseils, de la conversation des honnêtes gens, de cette atmosphère qui ranime et qui purifie. Les visites fréquentes, l'école, les instructions et les exercices religieux, un patronage actif, incessant, commençant avec la peine et ayant le droit de la faire abréger; la mise en liberté provisoire, servant d'épreuve et d'apprentissage de la vie honnête, avec menace de réintégration si le libéré n'en est pas digne, tels sont les meilleurs moyens de faire produire à l'emprisonnement cellulaire tous ses fruits, en le dégageant en même temps de ce que la solitude a de mauvais pour l'homme. Puis la pitié prendra entièrement la place de la justice, après la complète expiration de la peine; la société entourera le libéré d'une protection pleine de miséricorde et le confiera, non plus à des commissions spéciales dont l'inspection trahirait sa faute et le dénoncerait à la défiance universelle, mais à l'assistance qui, lorsque le crime est expié, ne voit plus qu'un malheureux dans le coupable.

Toute nouvelle loi pénitentiaire doit commencer par la suppression des bagnes, ces ateliers de crimes où le forçat ne prend de la punition que ce qui peut le rendre plus coupable et plus dangereux pour la société.

Des maisons de préservation et de refuge seront ouvertes à la faiblesse et arrêteront sur cette pente qui conduit si vite de la faute au délit ; des maisons d'éducation correctionnelle, des colonies pénitentiaires adouciront la punition pour les torts des premières années, feront dominer l'éducation dans la pénitence des enfants qui ont agi sans discernement, faciliteront le passage de la prison à la liberté et appelleront la religion, le travail et l'instruction au secours de la convalescence morale ; mais, quand il s'agit même d'une première faute, il faut se défendre d'une indulgence dangereuse ; lorsqu'elle s'abandonne à toute sa pitié, la société doit encore faire sentir qu'elle punit un coupable et lui faire mériter sa grâce.

CHAPITRE VIII.

TRAVAIL.

Il est des natures de misères tout à fait indépendantes de ceux qui les subissent, qui tiennent non plus à l'individu, mais au travail lui-même, laissent à l'ouvrier sa force en lui refusant les moyens de l'appliquer, et frappent sur lui par une action générale qui s'étend à toute une industrie ou à tout un peuple.

Les populations souffrent et s'appauvrissent par

la diminution, la suppression du travail et par la disproportion du salaire avec le prix des objets de première nécessité qu'il doit payer.

Quand le chômage ou l'insuffisance du salaire viennent d'une mauvaise récolte, d'une révolution politique, ce remède violent que l'on prétend opposer à la misère, la société doit multiplier ses secours, doubler ses sacrifices, abaisser pour le pauvre ouvrier le prix du pain, développer avec intelligence les grands travaux publics utiles au pays comme aux travailleurs, les routes, les canaux, les chemins de fer, les reboisements, les desséchements des marais, le défrichement des terres incultes ; encourager les départements et les communes à suivre la même voie, à concentrer, s'il est possible, sur une seule saison les travaux qui devaient être répartis entre plusieurs années. Enfin une impulsion forte donnée à la colonisation pourra suppléer à l'insuffisance du travail libre, diminuer la surabondance des bras et donner une application à des forces inoccupées dans la mère-patrie.

Mais, en dehors d'un travail sérieux, ayant un résultat utile, l'État doit éviter ces ateliers de circonstance qui, comme on l'a dit, n'ont d'autre but que celui de cacher un secours sous la forme du salaire. Plus coûteux que le secours véritable pour celui qui le donne, ce semblant de salaire est bien moins profitable à celui qui le reçoit, puisqu'il lui ôte la pensée et la liberté de chercher à s'occuper ailleurs, et lui donne la dangereuse habitude de gagner sans fatigues et d'être payé sans effort. Ce prétendu travail, quoi qu'on en ait dit, humilie beaucoup plus que l'assistance. Quand elle secourt, la société est une mère qui, dans un jour de détresse, vient partager son pain avec ses enfants; mais, dans l'atelier national, c'est un maître qui, au nom de la loi sévère du travail, vient demander à des bras robustes un mensonge et une dérision, et leur imposer la honte, à la fin de la semaine, de recevoir le prix de ce qu'ils n'ont pas fait.

Dans la vie de l'homme, le travail libre est l'état normal, le chômage est l'accident, la maladie. Quand l'ouvrier est frappé dans sa force, quand ses bras ne peuvent plus le nourrir, la société sera favorable à sa plainte et s'efforcera de lui faire reprendre le chemin du bien-être : toutes les fois qu'elle le pourra sans danger pour elle ou pour lui, elle lui donnera du travail; mais elle ne saurait y être forcée, dans l'intérêt même de celui qu'elle veut protéger. Il ne s'agit pas, en effet, d'organiser une manière de vivre, d'arranger une situation, il s'agit, pour l'ouvrier, de traverser un moment difficile. La société, qui veut l'aider à sortir de la crise et le guérir de son inaction, doit rester maîtresse de ses actes et avoir le libre choix des remèdes.

Mais ceux qui souffrent n'attribuent pas toujours leurs souffrances à la volonté de Dieu ou aux agitations inévitables de l'humanité. Lorsqu'un ouvrier tombe malade ou qu'arrive l'inactivité forcée de la vieillesse, si la prévoyance a été un peu oubliée pendant les jours de la force et du travail, il gémit, mais il ne se révolte pas : il sent une main plus puissante que l'homme ; il reconnaît une loi qui échappe à toutes les souverainetés de la terre ; il se résigne ; et d'ailleurs son isolement, sa faiblesse seraient impuissants ; et la famille, le voisin et, à leur défaut, la charité publique et privée ont l'oreille attentive à sa plainte et peuvent accourir à son premier cri.

Mais, si une crise à laquelle ils sont tout à fait étrangers et qu'ils ne pouvaient prévoir vient fondre sur une multitude d'ouvriers dans toute la force de leurs bras, dans toute l'ardeur de leur travail, s'ils voient chaque jour leur salaire s'amoindrir à mesure que s'allonge leur journée, si à la fin les ateliers se ferment et les laissent sans ressources et sans pain, au milieu d'une famille, d'un voisinage frappés et misérables comme eux;

humiliés qu'ils sont d'avoir à tendre à la bienfaisance une main qui peut encore manier un outil,
ils tournent leur colère contre l'organisation de
l'industrie et demandent à grands cris à la société
d'intervenir, non pour leur donner des secours
ou même du travail, mais pour corriger les abus
d'une liberté qu'ils accusent.

D'après les principes que nous avons émis plus
haut, il serait difficile de refuser à la société le
droit et même le devoir d'intervenir lorsque les
plaintes sont légitimes, et si le remède doit cor-
corriger et non, comme il arrive trop souvent,
augmenter le mal. La liberté du travail n'a pas
de privilége et n'est pas un droit d'exception;
comme toutes les autres libertés, elle est soumise
aux contrôles, aux limites qu'exigent la justice et
l'intérêt général. Quand elle s'exerce dans la
maison, au sein de la famille, elle se confond
avec la liberté individuelle et en suit la destinée;
mais, quand elle s'applique au grand jour, avec
le concours de forces et de volontés étrangères
dans l'usine, dans la manufacture, alors elle entre sous certains rapports dans le domaine public.
Il y a là une société qui se forme, une autorité
qui s'exerce, une influence qui agit non-seulement sur ceux qui l'ont acceptée, mais sur les
usines rivales, sur les ateliers voisins, et même

sur l'industrie tout entière. Il y a donc là des intérêts à protéger, des droits à maintenir, des faiblesses à défendre.

Lorsque la concurrence, pour obtenir un meilleur marché et augmenter ses bénéfices, se montre inhumaine et déloyale, si elle écrase l'enfant et l'adulte, expose leur moralité et leur vie, trompe et fraude dans la fabrication, la loi doit intervenir; elle protégera la santé, les mœurs du jeune ouvrier et imposera des conditions d'âge, d'instruction et de repos à son admission; elle défendra l'adulte contre l'insalubrité de l'atelier, le danger des machines et l'excès du travail. En vain invoque-t-on contre l'intervention de la loi le danger de diminuer la production et de préparer le succès de la concurrence étrangère, si la prohibition ne commence que là où s'arrêterait la force et où la santé serait menacée, comme dans les travaux de quinze ou seize heures, il n'y a pas d'intérêt qui puisse prévaloir contre la vie.

D'ailleurs, le mouvement qui s'est propagé dans toute l'Europe ne permettra à aucun pays d'abuser plus longtemps des forces humaines : la réduction des heures deviendra la loi générale, et le travail, réduit à des proportions raisonnables, réparera le temps par l'activité. Dans tous les cas, les lois de douane, réclamées et obtenues par un

6

grand nombre d'industries, ne craignent pas, en imposant un prix plus élevé et en ajoutant à la valeur réelle une dépense légale, de fermer les marchés étrangers à tous les produits du pays et de diminuer le nombre des acheteurs, et on ne peut refuser au travailleur la protection qu'on accorde au travail.

Enfin un contrôle et des lois très-sévères doivent être opposés à la déloyauté de la fabrication et de la vente qui fait peser sur tout le travail français la responsabilité de la mauvaise foi de quelques fabricants, déprécie au loin nos produits et menace quelquefois la santé et la vie des populations; des inspections, des bureaux de vérification, des marques de fabrique sont les correctifs de ce monstrueux abus.

Par cette intervention légitime, la loi annule de nombreuses chances de misère et se montre l'amie du patron comme du travailleur, en écartant la plus terrible accusation portée contre l'industrie, celle d'abâtardir la race humaine et d'élever sa propre fortune sur la ruine et la mort des malheureux qui travaillent pour elle. Mais la société doit craindre, en s'immisçant plus avant dans la question de la concurrence, de retourner aux aberrations du socialisme ou au monopole brisé par la révolution de 1789; car elle ne pourrait, comme les anciennes corporations, assurer l'ouvrier contre l'appauvrissement qu'à la condition d'interdire au pauvre la chance de s'enrichir en devenant ouvrier. Elle ne saurait empêcher la ruine de punir l'ignorance, l'imprévoyance, les faux calculs, sans défendre à la fortune de récompenser la prudence, l'activité, l'intelligence, le génie; le pouvoir d'abuser est la conséquence du droit de bien faire : qui enlève l'un supprime l'autre.

La concurrence, comme toutes les libertés, a rendu d'immenses services, elle devait entraîner d'incontestables douleurs; les faits sur ce point en disent plus que les chiffres, et les compensations qu'invoquent les économistes sont vraies pour l'ensemble, mais ne peuvent s'adresser aux individus (1); il faut donc venir en aide aux victimes innocentes de la liberté, à ceux qui sont écrasés sous les pas du progrès; mais on ne peut

---

(1) Si l'ouvrier n'avait besoin que de ce qu'il produit, la diminution de son salaire serait compensée par le bon marché de ses achats, et il gagnerait comme consommateur ce qu'il a perdu comme producteur; mais il fabrique souvent ce qu'il n'achètera jamais. La baisse que supportent les industries de luxe ne se retrouve pas dans le prix des objets de première nécessité. Loin de là, la hausse des denrées alimentaires correspond ordinairement à une extrême diminution dans la valeur du travail industriel; la cherté du pain amène l'avilissement du prix du travail, et le pauvre ouvrier perd à la fois sur ce qu'il produit et sur ce qu'il consomme.

lutter contre une loi de l'humanité en établissant la censure contre le travail. La misère qui résulte de la concurrence est la responsabilité imposée à tout homme vivant en ce monde, et l'ouvrier en supporte sa part comme le maître, parce que souvent il a eu aussi sa part d'imprudence et de témérité; car, si le patron cède à l'attraction de l'industrie, se jette imprudemment dans la lutte et multiplie ses produits au delà des besoins, l'ouvrier lui-même n'est-il pas complice de sa faute lorsque, attiré par l'espoir d'un gain plus élevé et des distractions de la ville, il quitte la terre qui pouvait le nourrir, et va apporter dans l'atelier des bras qui feront baisser le salaire de ses compagnons?

Cependant, au nom de la paix publique et de l'intérêt de tous, il y aurait à examiner si la loi ne pourrait pas imposer aux industries qui occupent et réunissent un grand nombre de bras l'obligation, déjà remplie volontairement par quelques-unes de nos grandes associations industrielles, de fonder des écoles, des dispensaires, des asiles pour la maladie et la vieillesse de leurs ouvriers, de constituer des caisses de retraite, etc.

Peut-être même la mesure qu'une douloureuse nécessité a forcé de prendre aujourd'hui, et qui interdit l'entrée de la ville de Paris aux ouvriers du dehors qui n'y apporteraient que la famine et le désordre, pourrait-elle s'appliquer en certaines circonstances aux manufactures elles-mêmes; il y aurait quelquefois opportunité à prohiber l'ouverture, sans autorisation, d'usines et d'ateliers dans une ville où cette création, en appelant de nouveaux bras, sans promettre de nouveaux débouchés, amènerait en peu de temps l'abaissement des salaires, la cessation de l'ouvrage et l'immense danger d'une population agglomérée sans travail et sans pain; mais de telles mesures, acceptées pour cause d'insalubrité physique, ne peuvent être essayées contre l'insalubrité politique et morale qu'après une longue étude et avec d'excessifs ménagements.

Souvent les difficultés qui naissent du travail viennent moins de son absence que de sa mauvaise répartition. L'agriculture manque de bras pendant que l'industrie ne sait comment occuper les siens, et des ouvriers qu'on renvoie ici faute d'ouvrage seraient reçus avec empressement et utilement employés à quelques lieues de là, quelquefois dans la même ville, s'ils savaient où trouver celui qui a besoin d'eux.

L'ouvrier est abandonné à des bureaux de placement qui spéculent sur son ignorance, épuisent les restes de sa petite fortune sous prétexte de lui procurer un emploi, et, en lui promettant de lui assurer un avenir, ruinent son présent (1).

Un enfant est-il parti du village le sac sur le dos, a-t-il prospéré, revient-il acheter quelques morceaux de terre, ou seulement a-t-il été vu dans sa boutique ou rencontré dans la rue avec un habit, voilà tous les enfants du village qui font leurs petits paquets et accourent à la ville pour demander cet excellent métier qui a si vite enrichi leur compatriote.

Combien de fois cette ambition a-t-elle été punie par de longues années de souffrances!

Mais le sort de la jeune fille est plus triste et plus déplorable encore; à peine a-t-elle mis le pied sur le pavé des rues, si déjà elle n'est pas victime de quelque complot qui l'a arrachée à la maison pa-

(1) Strasbourg a mieux compris que les autres villes l'importance des bureaux de placement : depuis quarante ans, et sous la surveillance de la municipalité, des bureaux sont chargés d'accueillir l'ouvrier qui arrive, de lui indiquer un garni où il sera logé sans trop de dépense et sans mauvaise compagnie, et les ateliers qui ont besoin de bras. Deux registres sont ouverts, dont l'un porte le nom et l'adresse de l'ouvrier sans ouvrage, l'autre l'indication des maîtres qui demandent des apprentis et des ouvriers. Le représentant du bureau est l'intermédiaire entre les uns et les autres, assiste au contrat, veille à son exécution; mais cette protection abandonne l'ouvrier dès qu'il a quitté la ville; il ne la retrouve plus que dans le compagnonnage qui fait de l'association une source de guerre et de la fraternité une occasion de combat.

ternelle sous la promesse d'une place prétendue, que la corruption jette les yeux sur elle et la dévoue à l'infamie. Elle est saisie à son premier pas, conduite à un garni mal famé, leurrée, pendant quelques jours, de travail et d'emploi, et lorsqu'il ne lui reste plus assez pour reprendre sa route, la séduction s'empare d'elle, lui offre une vie facile, quelque chose du luxe qu'elle a rêvé, jusqu'à ce que, descendant de degrés en degrés toute l'échelle du vice, elle aille se repentir et mourir à Saint-Lazare. Peut-être à côté d'elle, dans la même rue, à quelques pas de sa maison, une honnête ouvrière eût été heureuse de la recevoir et de l'occuper ; mais celle-ci ne savait où la demander, aucun intermédiaire n'existant entre elles.

Plus tard les parents, étonnés de son long silence, viendront chercher la pauvre fille et trouveront son nom inscrit sur les registres de la police ; mais la police n'inscrit pas pour le travail !

Des institutions dans les villes et les chefs-lieux de canton, imitées du bureau de Strasbourg et rendues facile par l'organisation générale de l'assistance, feraient connaître au patron et à l'ouvrier l'offre et la demande des bras et du travail, les avertiraient des besoins et des nécessités de l'industrie, et répareraient ce défaut de proportion entre les ouvriers et l'ouvrage qui est un danger pour les villes et arrête la fertilité de la terre.

Des encouragements bien entendus donnés à l'agriculture, un bon système de prévoyance ne se renfermant plus dans les villes, mais prêtant son appui et sa protection aux campagnes; une connaissance plus approfondie, par le développement d'une instruction vraie et honnête, des dangers et des illusions de la vie urbaine, et des ressources et de la sécurité de l'existence rurale, des comices, des primes; des récompenses à l'habileté du laboureur et des bergers; des concours pour la culture et pour l'élèvement des bestiaux; tout ce qui tendra à indiquer le respect et la sollicitude de la société pour l'agriculture, à réveiller l'amour de la famille, l'attachement à la commune, à créer dans les travaux des champs des positions importantes, à offrir ainsi une application à l'activité et à l'intelligence, rattachera au sol les ambitions prêtes à lui échapper pour les charmes de l'atelier, et diminuera le nombre des combattants et des invalides du travail et de l'industrie.

CHAPITRE IX.

PROJET D'ORGANISATION DE LA PRÉVOYANCE ET DE L'ASSISTANCE PUBLIQUES.

En parcourant cette longue suite de mesures et d'institutions que la société peut opposer à la misère, depuis le premier secours donné au pauvre petit enfant pour qu'il ne meure pas en naissant sur le sein desséché de sa mère, jusqu'aux grandes lois protectrices du travail et du bien-être de tous, nous n'avons fait le plus souvent que suivre les traces du passé; mais la comparaison de ce qui est avec tout ce que l'on pourrait faire signale de grandes lacunes et appelle d'immenses réformes. La plus grande partie de la France est complétement étrangère aux bienfaits de l'assistance publique (I), et là où elles existent les institu-

(1) Pour 37 mille communes comptant 36 millions d'habitants, dont un dixième au moins, en temps ordinaire, a besoin de secours, il y a 46 monts-de-piété, — 1,338 hospices et hôpitaux, — 8,000 bureaux de bienfaisance (dont une grande partie n'existe que sur le papier).

La bienfaisance publique fait élever 1,675 sourds-muets et 220 aveugles.

Les colonies agricoles recueillent 1,000 enfants trouvés lorsque l'État en a 125 mille à sa charge.

A Paris, la moitié des enfants pauvres ne trouve pas de place aux écoles primaires; et il n'y a que 28 asiles, lorsque 200 suffiraient à peine.

Enfin, d'après la statistique judiciaire publiée par le mi-

tions sont en petit nombre, dispersées çà et là, sans suite, sans lien entre elles, souvent à l'état d'ébauches et d'essais, soumises à des directions qui se paralysent et se combattent, et privées d'impulsion et d'appui pour se développer et grandir. Le bureau de bienfaisance, par ses inscriptions permanentes, par ses secours périodiques, change trop souvent un besoin passager en habitudes, constitue une sorte de droit pour celui qui a été une fois secouru, et tend précisément à faire des pauvres une classe à part. Le patronage ne peut s'exercer nulle part, faute d'éléments. Les comités de surveillance manquent presque toujours d'expérience et de temps, on les fait fonctionner sans rapports entre eux, sans direction, sans unité; on confie des pouvoirs incertains, une juridiction indécise à des hommes dont le temps appartient à d'autres devoirs et à d'autres affaires, qui acceptent ces fonctions comme l'accessoire et le luxe de leur vie occupée ailleurs.

---

nistère de la justice, il meurt par an, de froid et de faim, près de 300 personnes, et on n'enregistre pas, dans cette fatale catégorie, ceux qui succombent lentement aux maladies venues d'un trop long jeûne, d'une habitation malsaine, de haillons trop légers pour la saison d'hiver, ni cette multitude de pauvres enfants qui ont été arrêtés dans leur croissance par l'insuffisance de nourriture dès leurs premières années et n'ont pu être assez forts pour surmonter la crise de leurs développement.

Enfin la partie la plus importante, la plus difficile des devoirs sociaux semble être mise en oubli : la misère est placée au sein de l'humanité comme un appel incessant à l'intelligence et à la conscience de tous; son terrible problème pèse de plus en plus sur le monde, et, pour n'être pas vaincue par lui, il faut que la société travaille sans cesse à le bien comprendre et à le résoudre. Le tort du régime qui vient de s'écouler est d'avoir mis cette préoccupation à la suite de toutes les autres affaires et d'avoir abandonné les questions de travail et de misère aux passions inexpérimentées de la foule et aux perfides lumières de l'esprit de parti. Personne, en effet, n'avait mission de les étudier et d'en rechercher la solution, et aucune institution publique ne représentait cette hygiène et cette médecine sociales, qui découvrent et appliquent les moyens de prévenir et de guérir.

En conservant avec reconnaissance le riche et précieux héritage du passé, la société doit aujourd'hui comprendre, d'une manière plus large et plus complète, les devoirs de la prévoyance et de l'assistance publique ; il lui faut :

1° Combler les lacunes, généraliser les essais, coordonner et compléter les institutions existantes, et y faire prédominer la prévoyance sur le secours;

2° Constituer partout des éléments actifs et sérieux de direction, de surveillance et de patronage;

3° Établir entre toutes les parties de cet ensemble l'unité, l'accord et l'harmonie;

4° Préparer tous les moyens d'amélioration, en soumettant à une étude constante et approfondie les questions qui intéressent l'ouvrier dans son instruction, dans ses mœurs, dans sa santé, dans son travail et dans ses souffrances.

5° Enfin appuyer tout le système non sur cette puissance administrative qui matérialise les efforts en les centralisant, et fait prévaloir l'élément mécanique jusque dans la charité, mais sur la volonté et la conscience de tous, exprimées à tous les degrés par les pouvoirs électifs, et qui donnent à l'autorité qui en émane tous les avantages de la liberté.

Tel est le but de l'organisation nouvelle dont nous demandons l'adoption :

Au sommet, un Conseil supérieur, nommé par l'Assemblée nationale, choisi parmi les intelligences les plus exercées à l'étude et à la pratique du bien, serait chargé d'étudier et d'examiner les questions, de rechercher les solutions et les remèdes, de constater les faits que l'ignorance défigure, que la prévention exagère, et dont chaque parti se fait un argument démenti par son adversaire; de préparer et poursuivre les améliorations dans les lois et l'administration, de faire passer peu à peu dans la pratique les idées utiles et les projets réalisables, et d'animer de sa puissante impulsion tout le système.

Des comités placés au chef-lieu du département, du canton, et, s'il est besoin, à la commune, concourraient à l'exécution des lois, dirigeraient ou surveilleraient les établissements, poursuivraient la création et le développement des institutions publiques, l'organisation de travaux utiles en temps de chômage; favoriseraient la propagation des sociétés et des œuvres libres, organiseraient et exerceraient les tutelles et les patronages qui sont confiés à l'État, et s'efforceraient de rendre les secours inutiles plus encore que de les distribuer.

Puisant leur autorité dans l'élection et le dévouement désintéressé de leurs membres, ces comités seraient à la fois les conseils et les agents de la bienfaisance publique, les intermédiaires auprès d'elle des plaintes et des besoins, et représenteraient à tous les degrés la bonne volonté sociale.

En s'adjoignant partout où elles existent, avec des conditions de durée et de succès, les associations libres de patronage et de secours, en appelant le concours de toutes les personnes qui se mettent au service de leurs frères malheureux, les comités pourraient donner un protecteur à chaque famille, un tuteur à chaque orphelin, un appui à chaque vieillard, faire ainsi arriver les bienfaits de l'assistance fraternelle jusqu'au plus humble village, jusqu'au plus abandonné des hommes, et réunir au profit de ceux qui souffrent, toutes les forces de la puissance publique aux inspirations généreuses de la liberté (1).

Lorsque l'action publique se bornait à quelques institutions de bienfaisance léguées par le passé, éparses sur le sol de la France au gré du caprice ou de la générosité des fondateurs, elle pouvait être reléguée dans un des bureaux du ministère de l'intérieur. Aujourd'hui l'assistance, élevée au premier rang des devoirs sociaux, ne peut plus se contenter d'une si petite place.

Dans l'organisation actuelle des services publics, peut-être y aurait-il trop grande ambition de sa part à vouloir pour elle un ministère spécial : mais au moins qu'elle soit détachée de

(1) Voir l'*Appendice.*

l'administration où elle se perd et se confond dans le mélange de tant d'intérêts, de tant de services divers, et réunie au ministère qui a déjà dans ses attributions les deux branches les plus importantes de la prévoyance. Un grand nombre d'institutions ont le triple caractère de l'éducation, de l'enseignement et du secours. Dans l'asile, à l'hospice des Enfants-Trouvés, à l'institution des Orphelins et des jeunes libérés, à la maison des jeunes aveugles, des sourds-muets, on élève, on instruit et on assiste; les sœurs sont à la fois institutrices et hospitalières, et les intermédiaires naturels de la bienfaisance physique et morale, le médecin et le prêtre, appartiennent aujourd'hui au ministère de l'instruction publique et des cultes.

La création d'une direction de prévoyance et d'assistance au ministère de l'instruction publique et des cultes réunirait dans la même main et sous la même administration tous les moyens dont la société peut disposer pour prévenir, soulager et guérir la misère, l'éducation, l'enseignement, la protection et le secours.

La grande objection contre toute institution ou organisation nouvelle est la dépense qu'elle exige, mais celle-ci n'impose pas au pays de grands sacrifices et ne ressemble en rien à la taxe des pauvres si lourde en Angleterre.

Le plus grand nombre des établissements coûteux existent déjà, les hôpitaux et les hospices généraux sont dotés ; les enfants trouvés, les orphelins, les aliénés sont à la charge des départements, les écoles à celles de l'État et des communes. Indépendamment des impositions extraordinaires votées pour occuper et nourrir les ouvriers et les pauvres, ces derniers ont des terres, des rentes, l'impôt sur les spectacles, leur part dans l'octroi et dans les amendes, et le gouvernement consacre chaque année plusieurs millions aux institutions de prévoyance et de charité. Il s'agit donc bien moins d'augmenter les dépenses que d'organiser leur bonne et équitable application. Les souscriptions volontaires, le vote des communes stimulé par le zèle des comités et la certitude du bon emploi, pourvoiront peu à peu, et sans trop d'efforts, à la création des établissements nouveaux ; l'État et les départements viendront en aide en proportionnant leurs secours aux ressources et aux sacrifices des localités ; il suffira d'entrer dans une voie large et féconde ; chaque année apportera son progrès et retrouvera en économies de justice et de prison les dépenses de la fraternité.

D'ailleurs, ce que nous ajoutons surtout à l'organisation actuelle ne demande que du dévouement, du zèle. Les conseils, les comités sont gratuits, ils réaliseront immédiatement les réformes les plus nécessaires et le bien le plus positif : la protection, le patronage, la surveillance ne coûtent rien et rapportent plus que tous les secours (1).

(1) Le projet de loi sur l'organisation de l'assistance publique, soumis en ce moment à l'Assemblée nationale, se rapproche beaucoup du projet que nous venons d'exposer; mais il en diffère par un point essentiel : il admet un conseil supérieur, la surveillance du conseil général, l'action des comités de canton et de commune; il fait intervenir l'élection dans la formation des comités; seulement, son cercle est plus restreint, ses attributions plus exclusives; il s'adresse surtout aux nécessiteux, et laisse à une autre juridiction les intérêts de ceux qui ne sont séparés de la misère que par le travail.

Cette restriction, en conservant à l'assistance son caractère spécial, en ne l'appliquant qu'aux pauvres, fait retomber la loi dans l'ornière du passé; l'institution nouvelle, pour être fidèle à sa mission, doit entrer dans l'atelier, dans l'école comme dans l'hôpital, et s'occuper avec le même soin du travail que de la souffrance.

Plus en effet on confondra dans une même action et une même sollicitude la cause de celui qui travaille et les intérêts de celui qui souffre, plus on associera l'assistance à la prévoyance et à la protection, et plus on diminuera la distance qui sépare l'ouvrier du pauvre, plus on fera perdre à celui-ci cette marque jusqu'ici indélébile qui lui rend si difficile le passage de l'aumône au salaire.

CONCLUSION.

Le paupérisme doit et peut être combattu avec succès non par un de ces systèmes radicaux et exclusifs qui ne procèdent que par bouleversement et révolution, renversent au lieu d'améliorer, et pour corriger l'abus ne savent que supprimer le progrès; mais par des efforts éclairés et persévérants, par une application soutenue de l'intelligence et de la bonne volonté publiques, par une série de mesures, de lois, d'institutions, commençant avec la naissance, pourvoyant à l'éducation de l'enfant, au traitement du malade, aux besoins de l'infirme et du vieillard, facilitant l'apprentissage, aidant et suppléant au travail, encourageant l'épargne, recueillant l'abandon, réhabilitant le repentir, protégeant l'ouvrier contre la cupidité et la fraude, lui préparant les meilleures conditions de logement, de vêtement, de nourriture, et offrant à la bonne volonté et à la prévoyance les moyens de s'élever par des degrés successifs et faciles à franchir, de l'ignorance à l'instruction, du mal au bien, de l'aumône au salaire, du prolétariat à la propriété.

Pour atteindre ce but, l'action unique et supérieure du gouvernement ne suffit pas; mais il faut le concours de tous les corps électifs, de toutes les représentations de la volonté générale, l'association du pouvoir, de la science et de la charité.

Une direction de la prévoyance et de l'assistance dans le ministère des cultes et de l'instruction publique, comprenant dans ses attributions tout ce qui touche au bien-être, à la protection, au soulagement, à la réhabilitation.

Un conseil supérieur, nommé par l'Assemblée nationale ou le président de la République, chargé de provoquer et de préparer les lois et les ordonnances qui ont pour but l'amélioration du sort du peuple et la défense de ses intérêts, dans le travail comme dans le chômage; la solution de toutes les difficultés, l'éloignement de tous les obstacles qui embarrassent sa marche vers le bien-être physique, intellectuel et moral.

Des comités de département, de canton, de communes, créés suivant les besoins, avec mission d'appliquer les ordonnances et les lois ou de veiller à leur bonne exécution; et, auprès de chacun de ces comités, toutes les institutions d'instruction, de prévoyance, de patronage, de travail et de secours qui correspondent au degré et à l'étendue de leur juridiction.

A la commune, l'asile, l'école, l'ouvroir, la

surveillance de l'orphelin et de l'enfant trouvé chez la nourrice et dans la ferme, des enfants pauvres à l'école, des jeunes ouvriers dans l'ate-lier et la manufacture ; l'abonnement au médecin, le bureau de secours.

Au canton, la succursale de la caisse d'épargne, du mont-de-piété, le bureau de placement, la commission du travail, la caisse de retraite, l'as-sociation de secours mutuels, la bibliothèque, les consultations gratuites médicales et judiciaires. L'hôpital et l'hospice, où chaque commune ou réunion de communes pourra avoir quelques lits pour ses malades et ses vieillards, moyennant un prix de journée, et où l'ouvrier trouvera traite-ment et abri en payant une petite pension.

Au département, la caisse d'épargne, le mont-de-piété, la commission centrale pour le travail des manufactures et les prisons, les fermes-mo-dèles, les colonies agricoles pour les orphelins et les enfants trouvés.

Les ateliers de travail pour les mendiants.

Les maisons d'éducation correctionnelle pour les jeunes détenus, les maisons de refuge.

Le conseil de salubrité, les hôpitaux généraux, les maisons de convalescence, les hospices de maternité et d'enfants trouvés, les asiles spéciaux pour les aveugles, les sourds-muets, les aliénés.

Voilà ce que la société doit faire pour répondre à ceux qui la déclarent incapable de remédier aux maux qu'elle porte avec elle, ou l'accusent de ne pas s'en occuper.

C'est ainsi qu'elle réalisera les promesses de la Constitution et travaillera sans relâche et sans danger à la solution pacifique du problème social.

Mais, pour que sa bonne volonté porte ses fruits et ne se perde pas en stériles efforts, d'autres conditions sont indispensables. En vain la loi multiplierait-elle les institutions et les œuvres, en vain des comités couvriraient la face de la France, offrant asile et secours à quiconque est abandonné et sans ressources ; si l'ordre, la sécurité, la moralité, le travail ne président aux destinées du pays, si la défiance détourne les capitaux et ferme l'atelier, si la fortune publique et privée est à la merci des expériences utopistes et des agitations de l'anarchie, toute tentative contre la misère est frappée d'avance d'impuissance : le paupérisme sera le plus fort. Il ne suffit donc pas que la société soit charitable ; il faut qu'elle soit forte pour maintenir les droits et la liberté de tous et faire triompher la justice ; économe, en limitant au plus strict nécessaire ce que l'impôt enlève à la propriété et au travail ; morale, par le choix de ceux qui parlent et agissent en son nom et qui doivent, pour obtenir l'autorité, mériter le respect; mais il faut en même temps que chacun fasse son devoir et ne se repose pas sur elle du soin de remplir sa tâche.

Le propriétaire ne doit jamais perdre de vue le bien-être de ceux qui travaillent sur sa terre, il répandra autour de lui les bons exemples, les saines doctrines d'hygiène et de culture; son temps appartiendra à celui qui a besoin de conseil, sa main sera ouverte aux nécessités pressantes des familles voisines, et sa fortune paraîtra grande moins par le nombre de gerbes qu'il récolte que par le bien qu'il fait.

Le manufacturier, le fabricant a été en butte aux accusations exagérées de ces derniers temps: qu'il s'en venge par un redoublement d'efforts et de bienveillance envers ses ouvriers. Quoi qu'on en ait dit, leur cause est la même, le même travail les enrichit; qu'il veille avec un soin scrupuleux à la salubrité, à la moralité de leurs ateliers; qu'il recherche les procédés qui épargnent leur santé, leur vie; qu'il se prête avec empressement à toutes les exigences de la loi en faveur de leur instruction, de leur repos, de leurs mœurs; qu'il s'intéresse à leur bien-être, s'occupe même de leurs plaisirs; en un mot qu'il soit pour eux moins le maître que le père de famille faisant de sa fabrique leur maison paternelle.

L'ouvrier lui-même a de son côté beaucoup à faire : sa part de fatigues et de souffrances est grande en ce monde ; et, sous l'inspiration du désespoir, il a été tenté plus d'une fois d'accuser la société de ses malheurs et le riche de sa misère. Puisse-t-il écouter les conseils de ceux qui l'aiment trop pour le flatter ! Demandant au travail, à l'économie, à la bonne conduite ce que de fausses doctrines promettaient à son inaction et à sa révolte, qu'il se défie de la double ivresse du club et du cabaret, qu'il s'en rapporte plus à son bon sens qu'à l'esprit des autres, à son expérience qu'à leurs théories, il verra sa destinée s'améliorer, sa marche devenir moins pénible, et, si le succès manque à ses efforts, il s'adressera avec confiance à la société, qui écoutera sa voix, ou à son frère plus heureux qui est prêt à lui tendre la main.

Nous vivons trop aujourd'hui de défiances mutuelles. Trop souvent les classes, les individus ne se connaissent que par des calomnies ; les préjugés s'aigrissent par des mal-entendus ; et, lorsque la charité veut parler de conciliation, on ne lui répond que par l'hostilité et la guerre.

Le moment est venu de faire taire le cri de la

passion et de l'égoïsme, et de sortir de ce tumulte que font autour de nous les systèmes désordonnés et les révolutions; rapprochons-nous de ceux que nous croyons nos adversaires et qui nous sont plutôt inconnus qu'ennemis. Nous découvrirons des compassions ignorées, des bonnes volontés inattendues; des mains prêtes à tirer l'épée se rencontreront pour s'étreindre, la bienveillance se substituera à la haine, la gratitude à la vengeance, et le soupçon tombera devant l'accord. Alors la misère, qui n'aura plus de récrimination et d'amertume, sera plus légère à porter, plus facile à secourir; les sacrifices qu'exige l'assistance paraîtront moins lourds et moins menaçants; et la France, secondée par le dévouement des uns et la résignation des autres, échappera à la stérilité d'une indifférence égoïste et aux folies dangereuses d'une révolution sociale.

APPENDICE.

Pour faire bien comprendre tout ce que la société peut attendre du concours de la charité libre dans son esprit le plus chrétien, dans son extension la plus large, nous mettons sous les yeux de nos lecteurs l'exposé et le règlement de l'OEUVRE DES FAMILLES, que nous avons proposée l'année dernière, et qui a été réalisée avec succès dans le quartier le plus pauvre de Paris.

OEUVRE DES FAMILLES,

ASSOCIATION FRATERNELLE

EN FAVEUR DES PAUVRES,

Sous la présidence d'honneur de Mgr l'Archevêque de Paris.

En aucun pays on n'a plus qu'en France la véritable compassion du pauvre, on n'est plus disposé à lui venir en aide, on n'est plus occupé des moyens de le soulager.

La *bienfaisance publique,* à l'aide des revenus de ses biens immeubles, des subventions des communes et de l'État, de la taxe sur les théâtres, des dons et des legs des particuliers, peut consacrer aux hospices, aux hôpitaux, aux monts-de-piété, aux secours à domicile, etc., un budget de 113 millions.

Les *associations charitables* se partagent tous les instants de la vie du pauvre, toutes les variétés de sa misère, depuis le premier cri de l'enfance jusqu'au dernier soupir de la vieillesse, en fondant partout des crèches, des asiles, des ouvroirs, des écoles d'apprentissage, des sociétés pour la visite des malades et des prisonniers, des colonies agricoles et des maisons de refuge.

Enfin, à chaque pas de sa carrière, si difficile et si embarrassée, le pauvre rencontre la *charité individuelle*, dont les ressources sont inconnues comme les bienfaits, mais qui, se produisant sous toutes les formes, se pliant à tous les caprices et profitant de toutes les inspirations du moment, donne à elle seule plus que la bienfaisance publique et les œuvres.

Cependant, il faut le reconnaître, on n'a pas tiré jusqu'ici tout le parti possible de ces sources si larges et si fécondes; l'accord et l'harmonie ont manqué à ces différents éléments. Des défiances mutuelles ont trop souvent séparé et quelquefois opposé les uns aux autres des efforts dont l'ensemble pouvait seul lutter avec succès contre l'invasion du paupérisme.

Les entraves administratives dont on entoure

l'exercice de la bienfaisance publique enlèvent trop souvent à sa mission toute influence morale.

Les associations, limitées dans leur action par le petit nombre des associés, avec des ressources disproportionnées à leurs besoins, ne peuvent que concentrer leurs efforts sur quelques privilégiés ; ou, lorsqu'elles veulent s'étendre, disparaissent dans l'immensité des misères qu'elles cherchent à secourir. Souvent étrangères les unes aux autres, elles agissent sans entente et sans suite, commencent une guérison que d'autres ne se chargent pas d'achever, conduisent l'enfant jusqu'à la moitié de la route et consument leurs forces dans une action incomplète et insuffisante.

La charité individuelle, en proie à mille erreurs, n'a presque jamais cette expérience si nécessaire à la parfaite intelligence du bien.

Il en résulte qu'aujourd'hui, malgré de grands sacrifices et d'admirables dévouements, la charité manque presque toujours sa véritable, sa plus importante mission, celle de tirer le pauvre de sa misère, en lui faisant franchir le pas si difficile qui sépare la mendicité du travail, et par conséquent du bien-être.

Quiconque a étudié de près la destinée du pauvre et pénétré le secret et l'origine de ses privations a bien vite compris que la guérison d'une seule misère, le salut d'une seule famille exigeait beaucoup de puissance, d'expérience et de bonne volonté.

La pauvreté se compose aussi bien du défaut de force, d'intelligence et de moralité que d'absence de ressources. Ce n'est pas seulement l'argent qui manque pour marcher vers un meilleur avenir, mais la sagesse pour découvrir le but, l'énergie pour presser vers lui le pas, la vigilance pour écarter toutes les pierres du chemin. Le malheureux, trop souvent frappé dans son esprit et dans son âme, trouve dans toute difficulté un invincible obstacle, dans toute épreuve une occasion de chute ; la plus petite indisposition devient une maladie, le moindre accident une infirmité. Affaibli, dégradé par la souffrance, il plie au plus léger souffle ; et là où d'autres, plus heureux, chancelleraient à peine et puiseraient peut être une nouvelle vigueur, il succombe victime de son infériorité.

Afin d'échapper au désavantage de sa position, le pauvre a donc sans cesse besoin d'intermédiaires qui prêtent leur autorité à sa faiblesse, leur dévouement à son abandon, qui pensent, raisonnent et agissent pour lui. Si l'on veut prendre au sérieux la situation d'une famille où la multiplicité des appuis et des secours doit répondre à l'immense variété des besoins, mille démarches sont nécessaires pour ouvrir l'asile et l'école à l'enfant, l'atelier au jeune homme, garantir le travail aux parents, obtenir pour l'infirme l'abri de l'hospice, au malade les soins du médecin et de la sœur, placer celui-ci, faire rendre justice à celui-là, rappeler l'ordre dans la famille et l'économie dans le ménage, veiller sur la jeune fille qu'expose sa misère, ramener la brebis qui s'égare, réhabiliter la faute qui se repent, et, à chaque instant de ces existences si éprouvées et si douloureuses ; opposer la lumière à l'ignorance, la résistance à l'entraînement, l'encouragement au désespoir, et toutes les inspirations du bien à toutes les puissances du mal.

Une vie d'abnégation et de sacrifices suffirait à peine à une mission si multiple et si compliquée.

Or jusqu'ici, dans les bureaux de bienfaisance comme dans la plupart des œuvres, on a confié à une seule personne, dix, vingt, quelquefois cinquante familles; on a réduit à quelques rares visites, à quelques secours passagers l'action de la charité. Pour agir avec efficacité sur la destinée du pauvre, c'est l'inverse qu'il faut faire : c'est à dix personnes qu'il faut confier une seule famille.

Tel est le but de l'Association fraternelle. Son principal objet est de partager entre dix associés, sous la direction d'un chef ou président, les devoirs, les travaux, les dépenses, les démarches et les soins qu'entraîne l'adoption d'une famille pauvre, avec mission expresse de travailler ensemble et avec suite à améliorer la position de la famille adoptée et à la faire sortir au plus vite de sa misère.

La part de chacun dans cette association est douce et facile, car on proportionne sa tâche à sa fortune, à sa position, à ses loisirs, à son intelligence, à sa bonne volonté. On demande ce qui coûte le moins et ce qui rapporte le plus : à celui-ci un conseil, à celui-là une démarche, au riche un peu de son superflu, à l'inoccupé un peu de son temps, à l'ouvrier la surveillance de l'apprenti qui travaille dans son atelier, à la femme du peuple une heure de sa veille auprès du lit d'un malade, à l'enfant le patronage d'un frère plus jeune et plus pauvre que lui.

Le bien est mis ainsi à la portée de tous, et s'enrichit de ces trésors de compassion et de dévouement enfouis au dernier degré de l'échelle sociale et qui n'avaient pu trouver place dans les cadres trop restreints des œuvres limitées.

L'Association fraternelle a pu, dès l'origine, commencer à faire du bien, car son organisation se plie à tous les essais et prend toutes les proportions. L'adoption de dix ou vingt ménages, dans chaque arrondissement, suffit pour la constituer, et chaque nouvelle adhésion, chaque nouveau concours obtenu trouve immédiatement sa place dans la formation d'une famille nouvelle.

Dès le premier jour, l'action de chacun est tracée et ses devoirs faciles à remplir ; il s'agit surtout d'être l'intermédiaire du pauvre vis-à-vis de toutes les ressources qui ont été créées pour lui, de toutes les personnes dont il peut avoir besoin.

L'Association fraternelle ne prend donc la place d'aucune œuvre, d'aucune institution privée ; elle ne fait concurrence à personne. Loin de là, elle a besoin, elle profite de tout le bien qui s'opère à côté d'elle ; car chaque œuvre, qui se fonde ou se développe, ouvre de nouvelles ressources à ses protégés, et vient concourir au bien qu'elle cherche à leur faire.

En résumé, substituer, dans l'exercice de la charité, l'association permanente qui adopte et sauve au secours qui passe et laisse dans la misère ; mettre le bien à la portée de tous, et, pour y arriver, prêter à chacun les forces, les lumières et la bonne volonté de la société tout entière ; enfin donner une voix à toutes les plaintes, un appui à toutes les faiblesses, une intelligence à toutes les incapacités, et rétablir ainsi par la fraternité chrétienne l'équilibre rompu par les inégalités naturelles et sociales, telle est la mission, telles sont les espérances de l'Association fraternelle. Car, s'il y a dans notre pays, comme semble l'indiquer la statistique, un pauvre au plus sur dix habitants, l'extension de l'œuvre à toute la France serait une des meilleures solutions du terrible problème du paupérisme.

RÈGLEMENT DE L'ŒUVRE DES FAMILLES.

Art. 1er. L'Œuvre des Familles, association fraternelle, a pour but de resserrer entre tous les membres de la Société les liens d'une charité mutuelle.

Art. 2. Dix associés s'occupent d'une ou de plusieurs familles nécessiteuses et composent, avec elle, une fraternité.

Art. 3. Les associés sont chargés de visiter les familles qui leur sont confiées, de leur donner aide et protection, de patroner leurs enfants aux crèches, aux asiles, aux écoles, dans les ateliers, de les faire soigner dans leurs maladies, de chercher pour eux des moyens de travail ou de secours, de défendre et de poursuivre leurs droits et leurs intérêts; en un mot, d'exercer envers eux tous les devoirs de la charité chrétienne.

Art. 4. Chaque associé paye une cotisation de 10 centimes par semaine. Le produit des cotisations de la fraternité est employé à secourir la famille adoptée. La fraternité se met, en outre, en rapport avec toutes les autres œuvres de charité, pour accroître les ressources de cette famille, et elle a recours, au besoin, à la caisse commune de l'association.

Art. 5. Chaque fraternité désigne, dans son sein, son président ou sa présidente, et en soumet le choix à la confirmation du conseil de famille dont il sera parlé ci-après. Elle élit également son trésorier ou sa trésorière.

Art. 6. Le président ou la présidente réunit ses associés aussi souvent que les besoins de la famille adoptée le comportent, et, au moins, une fois par mois. On assigne, autant que possible, dans chaque réunion, la part de travail de chaque associé pendant le mois qui doit suivre. Il est convenable qu'une personne seulement soit, à tour de rôle ou autrement, chargée de visiter la famille adoptée.

Art. 7. Les présidents ou présidentes de 25 fraternités au moins composent un conseil de famille qui nomme son président et se réunit une fois par mois pour conférer sur les intérêts communs des familles adoptées. Ils rendent compte, dans ces réunions, de leurs travaux, de leurs recettes, de leurs dépenses et des résultats tant moraux que matériels qu'ils auront obtenus.

Les présidents des conseils de famille présentent le résumé de ces rapports au conseil de paroisse.

Art. 8. Les conseils de famille s'occupent de l'organisation des fraternités, agréent les présidents présentés par elles et

prennent toutes les mesures nécessaires à la bonne administration et au maintien de l'esprit de l'œuvre.

Lorsqu'un membre adopté n'aura plus besoin des secours
de l'association, le conseil de famille pourra l'admettre
dans la fraternité comme membre associé.

Art. 9. Les présidents ou présidentes des conseils de famille de la même circonscription paroissiale forment un
conseil de paroisse dont la présidence appartient au curé
ou à son délégué. Le conseil élit dans son sein un vice-pré-
sident, un secrétaire, un trésorier, un vice-secrétaire et un
vice-trésorier.

Art. 10. Le conseil de paroisse statue sur toutes les questions qui intéressent l'association locale ; il pourvoit aux
meilleurs moyens d'alimenter la caisse commune et prononce
sur les demandes de secours extraordinaires formées par les
fraternités.

Art. 11. L'association fraternelle est dirigée, à Paris, par
un conseil général qui a pour président d'honneur monsei-
gneur l'archevêque, un président et une dame présidente.

Ce conseil est composé des présidents et des vice-présidents ou vice-présidentes de chaque conseil de paroisse.

Il élit dans son sein ou en dehors deux vice-présidents, un
secrétaire, un trésorier, un vice-secrétaire et un vice-trésorier ; il désigne également autant de conseillers ou de con-
seillères qu'exigent les besoins de l'œuvre, et qui font, de
droit, partie du conseil.

Art. 12. Le conseil général statue sur toutes les questions
d'organisation, de règlement et de discipline concernant
l'association. Il fait appel, sous toutes les formes légales, à
la bienfaisance publique ou privée en faveur de l'œuvre, et
répartit, prélèvement fait des frais généraux, entre les conseils de paroisse, proportionnellement au nombre de leurs
fraternités, les fonds qu'il parvient à réaliser.

Dans l'intervalle des séances du conseil général, son bureau est chargé de prendre toutes les mesures nécessaires à
la bonne administration et à la propagation de l'OEuvre.

Art. 13. Jusqu'à ce que le nombre des fraternités organisées dans une paroisse ait atteint le chiffre de *cent*, il pourra être sursis à la formation des conseils de famille, et la réunion des présidents ou présidentes de fraternités formera, sans intermédiaire et sous la présidence directe du curé ou de son délégué, le conseil de paroisse dont il est parlé dans les articles 9 et 10.

Commencée en septembre 1848, sur la paroisse Saint-Étienne-du-Mont, l'Association fraternelle, s'étendant rapidement dans les faubourgs Saint-Jacques et Saint-Marceau, a réuni, après quelques mois d'existence, dans le 12ᵉ arrondissement, près de 400 fraternités, et par conséquent quatre mille personnes s'occupant des pauvres. Au milieu de ce quartier, le plus misérable de Paris, elle se développe chaque jour en réalisant toutes ses promesses sans difficultés, sans entraves, et répond par ses heureux résultats aux nombreuses objections qui semblaient d'abord s'opposer à son succès, mais qui disparaissent maintenant devant la facilité de sa propagation et l'expérience du bien qu'elle a déjà pu faire.

BIBLIOGRAPHIE D'ÉCONOMIE CHARITABLE.

OUVRAGES GÉNÉRAUX.

Annales de la Charité, journal de la *Société d'Economie charitable*, revue mensuelle destinée à la discussion des questions et à l'examen des institutions qui intéressent les classes souffrantes. Paraît depuis janvier 1845; 10 fr. par an. Bureau, rue de Grenelle-Saint Germain, 49.

Economie politique chrétienne, ou recherches sur la nature et les causes du paupérisme en France et en Europe, et sur les moyens de le prévenir et de le soulager, par M. Alban de Villeneuve-Bargemont. 3 vol. in-8. Paris, 1834.

De la Bienfaisance publique, par de Gérando. 4 vol. in 8. 1839.

Des classes dangereuses de la population et des moyens de les rendre meilleures, couronné par l'Institut, par Frégier. 2 vol. in-8°. Paris, 1839.

Histoire philosophique de la réformation de l'Etat social en France, dans ses rapports avec l'inégalité des conditions, la propriété, les lois, les mœurs et l'esprit général de la nation, par Baignoux. 1 vol. in-8°. 1839.

Du Paupérisme, par C. de Chamborant. 1 vol. in-8°. 1842.

Du Paupérisme, par le docteur Marchand (d'Alençon). 1 vol. in-8°. Paris, 1843.

Economie politique, ou principes de la science des richesses, par Droz, de l'Académie française. 1 vol. in-4°. 1846.

Recherches sur les causes de l'indigence, par A. Clément (de Saint-Etienne). 1 vol. in 8°. 1847.

Du système social et des Lois qui le régissent, par Ad. Quételet, directeur de l'Observatoire de Bruxelles. 1 vol. in-8°.

Entretiens de village, par M. de Cormenin. 1 vol. in-18. 1847.

Du Paupérisme en France, par F. Marbeau. 1 vol. in-18. 1847.

Du progrès social au profit des classes populaires non indigentes, par F. de la Farelle. 2e édition. Paris, 1847.

Sur l'Association, l'Economie politique et la Misère, par Joseph Garnier, rédacteur du *Journal des Economistes*. Br. grand in-8°. 1848.

Du Mouvement social, par Gustave de la Tour. Br. in-8°. 1848.

Histoire de la Charité pendant les quatre premiers siècles de l'ère chrétienne, pour servir d'introduction à l'Histoire des Secours publics dans les sociétés modernes, par M. Martin Doisy. 1 vol. in-8°. 1848.

Publications populaires de l'Académie des sciences morales et politiques. 1848-49.

INSTITUTIONS RELATIVES A L'ENFANCE.

CRÈCHES, ASILES.

Des Crèches, par J.-F. Marbeau. 1845, 1 vol. in-12.

Bulletin des Crèches, destiné spécialement à prouver leur utilité. Paraît par cahiers mensuels depuis le 1er janvier 1846.

De l'œuvre des Crèches, par Langlois d'Estaintot. Br. Rouen, 1847.

Manuel des Salles d'asile, par Cochin. 1845, 3e édition. 1 vol. in-8°.

Considérations sur les Salles d'asile et de leur influence sur l'avenir des classes pauvres, par M. Depasse, maire de Lannion. Broch. in-12.

Conseils sur la direction des Salles d'asile, par mademoiselle Marie Carpantier, directrice de la salle d'asile du Mans. 1 vol. gr. in-18.

Guide des Salles d'asile, par Jubé de la Perrelle. 1 vol. in-8°. Paris, 184

APPRENTISSAGE, ÉDUCATION PROFESSIONNELLE, TRAVAIL DES ENFANTS DANS LES MANUFACTURES.

Travail des Enfants à Paris, par Léon Faucher.

Lettre à M. le ministre de l'agriculture et du commerce sur la législation qui règle, dans quelques états de l'Allemagne, les conditions de travail des jeunes ouvriers, par Carnot, député de la Seine. In-4°. 1840.

Du Travail des Enfants, qu'emploient les ateliers, les usines et les manufactures, considéré dans l'intérêt des familles, de la société et de l'industrie, par Ch. Dupin, 1 vol. in-8°. 1840.

De la Condition physique et morale des jeunes ouvriers et des moyens de l'améliorer, par Ed. Ducpétiaux, inspecteur général des établissements de bienfaisance en Belgique. 2 vol. in-8°. 1843.

Droit élémentaire sur le travail industriel, en trois parties, par Mollot. 2ᵉ édition ; 1 vol. in 12. 1841.

Mémoire sur l'Apprentissage et sur l'éducation industrielle, par César Fichet. Broch. gr. in-4°. 1847.

Rapport à la Société d'Economie charitable sur le travail des enfants dans les manufactures, par M. de Melun. Broch. in-8°. 1848.

ENFANTS TROUVÉS.

Analyse raisonnée des ouvrages de MM. l'abbé Gaillard, Terme et Montfalcon, sur les enfants trouvés, par Henry Derbigny.

Rapport à M. le Ministre de l'intérieur, concernant les infanticides et les morts-nés dans leurs relations avec la question des enfants trouvés, par Remacle. 1 vol. in-8°. 1845.

Etudes sur les Enfants trouvés, par de Curzon, membre du conseil général de la Vienne. 1 vol. in-8°. 1847.

De la suppression des Tours d'enfants trouvés et des autres moyens à employer pour la diminution du nombre des expositions, par A. Baudon. Br. gr. in-8°. 1847.

Rapport au ministre de l'intérieur sur la situation administrative, morale et financière du service des enfants trouvés et abandonnés en France, par M. de Watteville, inspecteur-général des établissements de bienfaisance. In 4°. 1849.

SECOURS AUX MALADES, INFIRMES ET VIEILLARDS.

HOPITAUX, HOSPICES ET SECOURS A DOMICILE.

Rapport au Roi sur les hôpitaux et hospices, et les services de bienfaisance, publié par le Ministre de l'Intérieur. 1 vol. petit in-folio, 1835.

Compte administratif et moral des bureaux de bienfaisance de Paris Br. in-4°.

Rapport sur l'Administration des bureaux de bienfaisance de la ville de Paris.

Des Secours à domicile, par Dufihs. Br. in-8°, 1845.

Du Paupérisme et des Secours publics dans la ville de Paris, par Vée, maire du cinquième arrondissement. Br. in-18, 2ᵉ édit. 1849.

AVEUGLES ET SOURDS-MUETS.

Annales de l'Education des Sourds-Muets et des Aveugles, publiées par E. Morel. Paraissant par cahiers trimestriels depuis 1841.

Essai sur l'Etat physique, moral et intellectuel des Aveugles-nés, avec un nouveau Plan pour l'amélioration de leur condition sociale, par M. P.-A. Dufau, directeur de l'Institut royal des Sourds-Muets de Paris. 1 vol. in-8° 1837.

Essai sur les mesures législatives à prendre pour étendre les bienfaits de l'éducation à tous les sourds-muets, par Valade. 1 vol.

Ouvrages des docteurs Esquirol, Falret, Trélat, Voisin, Ferrus, etc.

Rapports sur les Asiles d'aliénés de Rouen, par Debouteville et Parchappe; — de Maréville (Meurthe), par Archambault; — de Bordeaux et de Cadillac, par L. de Lamothe; — d'Auxerre, par Girard; — de Lille, par P. de Smyttere.

STATISTIQUE, LÉGISLATION ET ADMINISTRATION CHARITABLES.

Etude sur la Législation charitable, par L. de Lamothe. Br. in-8°.

Essai statistique sur les Etablissements de bienfaisance, par A. de Watteville, ancien inspecteur général des établissements de bienfaisance. 2e édition. 1 vol. grand in 8°.

Mémorial des Etablissements de bienfaisance, par Duricu. 18 vol.

Code de l'Administration des Etablissements de bienfaisance, par A. de Watteville. 1 vol. in-8°.

Législation charitable, par A de Watteville. Gr. in-8°.

CHARITÉ PRIVÉE.

Manuel des OEuvres de charité de Paris, par M. de Melun. 1 vol. in-18. 2e édit. 1845.

Lettres à une Dame sur la Charité, par Dufau, directeur de l'Institut des Aveugles. 1 vol. in-12. 2e édit. Paris, 1847.

Le Livre du Pauvre, par Egron. 1 vol. in-12. Paris, 1847.

Manuel de la Société de Saint-Vincent de Paul, 1 vol. gr. in-18.

Comptes-Rendus des Sociétés de bienfaisance et des œuvres de charité, publiés chaque année à Paris et en province.

TRAVAIL ET PRÉVOYANCE.

Manuel des Caisses d'épargne et de prévoyance, ou Traité de l'institution et de l'administration de ces établissements, par Senac. In-8°.

Caisse d'épargne et de prévoyance, par Louis Leclerc. 3e édit. 1 vol. in-12. 1848.

Caisse générale de retraite et de pensions pour les travailleurs invalides, par P. Cazeaux, ingénieur civil. In-8°, 1842.

Organisation de l'Epargne du travailleur, par Beziat. 1 vol. in-12, 1848.

Des Pensions viagères pour les vieillards des classes ouvrières et des diverses institutions de prévoyance qui existent déjà en France et en Angleterre, par M. de Romanet, membre du conseil général de l'agriculture. 1 vol. in-12, 1846.

De l'Organisation des travailleurs et de leurs pensions de retraite, par Harou-Romain. Broch. in-8°, 1848.

Des Sociétés de bienfaisance mutuelle, ou des moyens d'améliorer le sort des classes ouvrières, par A. E. Cerfbeer. In-8°. 1836.

Des Sociétés de prévoyance et de secours mutuels, recherches sur l'organisation de ces institutions, suivies d'un projet de règlement et de tables, par Debouteville. Br. in-8°. Paris, 1845.

Conseils généraux de l'Agriculture, des Manufactures et du Commerce, Procès-verbaux publiés par le Ministre du commerce. In-4°.

MONTS-DE-PIÉTÉ, PRÊT GRATUIT.

Des Monts-de-Piété, par Blaise.

Précis des Statuts des Sociétés anonymes du prêt gratuit de Montpellier et de Toulouse.

Le Mont-de-Piété de Paris, ou des Institutions du crédit à l'usage des pauvres, par Henri Richelot, Broch.

Situation administrative et financière des Monts-de-Piété, par de Watteville. Broch. 1848.

Des Monts-de-Piété, par Horace Say. Br. in-8, 1848.

LOGEMENT DES OUVRIERS. — SALUBRITÉ. — SERVICE MÉDICAL GRATUIT.

Projet d'Association financière pour l'amélioration des habitations des ouvriers dans Bruxelles, par E. Ducpétiaux. Broch. in-8° avec planches, 1846.

Hygiène publique, Mémoires sur les questions les plus importantes de l'hygiène appliquée aux professions et aux travaux d'utilité publique, par Parent Duchatelet. 2 vol in-8. 1836.

Annales d'Hygiène, Revue mensuelle.

Traité de la Salubrité dans les grandes villes, par Monfalcon et Polinière. In-8.

De la Salubrité des villes de France, par un Anglais. Brochure in-4, 1848.

De l'Organisation médicale en France, sous le triple rapport de la pratique, des Établissements de bienfaisance et de l'Enseignement, par Delasiouve. 1 vol.

De l'Organisation de la Médecine au point de vue de la bienfaisance, par le docteur Dauvin, médecin à Saint-Pol (Pas-de-Calais).

De la Médecine rurale, par le docteur Loreau de Poitiers.

Rapport de M. Bertin à l'Assemblée Nationale sur le traitement gratuit des indigents dans les cantons ruraux. In-8, 1848.

Mémoire sur la Nécessité et les Moyens de réorganiser les Services médicaux publics, par le docteur Sauvé. Broch. in-8, 1845.

EXTINCTION DE LA MENDICITÉ. — COLONIES AGRICOLES.

De la Charité légale, de ses causes, de ses effets, et spécialement des maisons de travail et de la proscription de la mendicité, par Naville. 2 vol. in-8. Paris, 1836.

Suppression de la mendicité à Rouen. Lettre de M. Barbet, maire de cette ville. Br. in-8, 1841.

Extinction du paupérisme, par Louis-Napoléon Bonaparte. Br. in-18.

Statuts et Rapports sur l'extinction de la mendicité à Morlaix (Finistère). Br. in-8, 1840, 1846, 1848.

Rapport de la Société pour l'extinction de la mendicité. Strasbourg.

Association pour l'extinction de la mendicité à Dijon. Comptes-rendus annuels.

Association de secours et de patronage à Besançon. Comptes-rendus annuels.

Organisation d'un dépôt de mendicité à Châteauroux. Brochure.

Mémoire sur le dépôt de mendicité de Beaugency (Loiret), par M. Lorin de Chaffin.

Mémoire en faveur des Travailleurs et des Indigents de la classe agricole, par A. de Bourgoing. Br. grand in-8, 1844.

De quelques Intérêts moraux et matériels des campagnes, par Pommier-Lacombe. Br. in-8, 1844.

De la Condition des classes pauvres à la campagne, des moyens les plus efficaces de l'améliorer, par le docteur Dutouquet. Br. in-8. Paris, 1846.

Conseils généraux, Procès-verbaux de leurs sessions annuelles.

Des Colonisations agricoles et de leurs avantages pour assurer des secours à l'honnête indigence, extirper la mendicité, par Huerne de Pommeuse. 1 fort vol. in-8, 1832.

Notice sur les Colonies agricoles, par M. Louis Leclerc.

Rapport de la Société algérienne sur la Colonisation de l'Algérie. Br. in-8, 1848.

Rapport à la Société d'Economie charitable sur la Colonisation de l'Algérie. Br. in-8. 1848.

ÉTABLISSEMENTS PÉNITENTIAIRES, ÉDUCATION CORREC-TIONNELLE.

Rapports de MM. Demetz et de Brétiguières sur la Colonie de Mettray. 1840-1847.

Notice sur Mettray, par Augustin Cochin. Br. in-8. 1847.

Mettray et Ostwald. Etudes sur ces deux colonies agricoles, par F. Cantagrel. 1842.

Rapports de M. l'abbé Fissiaux sur le Pénitencier de Marseille.

Rapports sur le Pénitencier des jeunes Détenus à la Roquette (Seine).

Règlement de la Maison pénitentiaire des jeunes délinquants à Saint-Hubert (Belgique). Br. grand in-8, 1842.

Traité des diverses Institutions complémentaires du Régime pénitentiaire, par Bonneville. 1 vol. in-8, 1847.

PATRONAGE DES DÉTENUS ET DES LIBÉRÉS. — MAISONS DE REFUGE.

Des Condamnés libérés, par M. A.-E. Cerfbeer. 1 vol. grand in-18. Paris, 1844.

Du Patronage des Condamnés libérés et de son organisation par la loi sur le régime des prisons. Lettre à M. Béranger (de la Drôme), par Léon Vidal. In-8, 1848.

Compte-Rendu de la Société de patronage des jeunes détenus. Brochures.

Asile de Nazareth à Montpellier Comptes-rendus, par l'abbé Coural.

Notice sur le bon Pasteur de Lille.

ÉTAT CIVIL ET JUDICIAIRE DES INDIGENTS.

Du Service des Actes de naissance en France et à l'Etranger, par le docteur Loir. Br. in-8

Recherches statistiques sur le Mariage civil et religieux des pauvres, publiées en 1845 par la Société charitable de Saint François-Régis de Paris.

Mariage civil et religieux des Pauvres, note des membres de l'Institut de France. Brochure grand in-4, 1846.

Etudes sur l'Institution de l'Avocat des pauvres, par Du Beux. 1 vol. in-8. 1847.

SITUATION DES CLASSES OUVRIÈRES.

De la Misère des classes laborieuses en France et en Angleterre, par Eugène Buret. 2 vol. in-8°. Paris, 1841.

De l'Industrie manufacturière en France, avec une Note de M. de Candolle, par Michel Chevalier. Paris, 1841.

De la Condition des Ouvriers de Paris de 1789 jusqu'en 1841, par Durand. 1 vol. in-8°. Paris, 1841.

Le Livre de l'Ouvrier, par M. Egron, couronné par l'Académie française. 1 vol. in-12. Paris, 1845.

Enquête sur le Travail et la Condition physique et morale des ouvriers, par Mareska et Heyman. 1 vol. in-8°. Gand, 1845.

Des progrès de l'Industrie dans leurs rapports avec le bien-être physique et moral de la classe ouvrière, par le baron de Gérando. 2ᵉ édit. Paris, 1845.

Des Prolétaires et de l'Amélioration de leur sort pour la liberté du travail et la libre concurrence, par Isidore Debrie. 1 vol. in-8°. 1845.

Les Droits du Travailleur, essai sur les devoirs des maîtres envers les ouvriers. Traduit de l'anglais sur la 2ᵉ édit., par Mlle Louise Boïeldieu-d'Auvigny. 1 vol. in-18. 1846.

Travail et Salaire, par Tarbé. 1 vol.

Observations sur l'État des Classes Ouvrières, par Théodore Fix. 1 vol. in-8°. Paris, 1846.

Tableau de l'État physique et moral des Ouvriers, par le docteur Villermé. 2 vol. in-8°. Paris, 1848.

Question des Travailleurs : l'Amélioration du sort des ouvriers, les Salaires, l'Organisation du travail, par Michel Chevalier. Broch. in-18, 1848.

Démocratie industrielle, par Ch. Laboulaye. 1 vol. in-12, 1848.

De l'Organisation de la statistique du travail et du placement des ouvriers, par Amédée Hennequin. Br. in-8°. 1848.

L'Industrie française depuis la révolution de février, par Audiganne, chef du bureau de l'industrie au minist. du commerce. Br. in-8°. 1849.

Le Travail et la Misère, lettres d'un Campagnard, par F. Wibratte (de Metz). 1 vol. in-8°, 1849.

SOCIALISME.

Organisation du travail, par Louis Blanc. 1 vol.

Vivre en travaillant ! Projets, voies et moyens ... par François Vidal. 1 vol. gr. in-8°. 1848.

Organisation du Travail agricole, par Joigneaux, représentant du peuple. Br. in-18.

Voir encore les brochures de MM. Proudhon, Considerant, Félix Pyat, Cantagrel, Victor Hennequin, Mathieu Briancourt, Greppo, Pelletier, etc., qui se trouvent à la librairie *phalanstérienne*, quai Voltaire.

RÉFUTATION DU SOCIALISME.

Du Système de M. Louis Blanc, ou le Travail, l'Association et l'Impôt, par Léon Faucher. 1 vol. in-18, 1848.

Le Socialisme c'est la Barbarie, examen des questions sociales qu'a soulevées la Révolution du 24 février 1848, par A.-C. Cherbuliez. Br. in-8°. 1848.

Du Travail en commun et du Socialisme, par le maréchal Bugeaud. Broch. in-18, 1848.

Le Droit au travail à l'Assemblée nationale, recueil complet de tous les discours prononcés dans cette mémorable séance, suivis des opinions de MM. Armand Marrast, Proudhon, Louis Blanc et Ed. Laboulaye, avec des observations par MM. Léon Faucher, Parieu, F. Bastiat et Wolowski, une introduction et des notes, par M. Joseph Garnier. 1 vol. in-8°, 1848.

Le Droit au travail au Luxembourg et à l'Assemblée nationale, par Émile de Girardin. 2 vol. in-18. 1848.

Le Communisme jugé par l'histoire, par A. Franck, de l'Institut. Broch. in-18. 1848.

De la Propriété, par Thiers. 1 vol. in-18. 1848.

FIN.

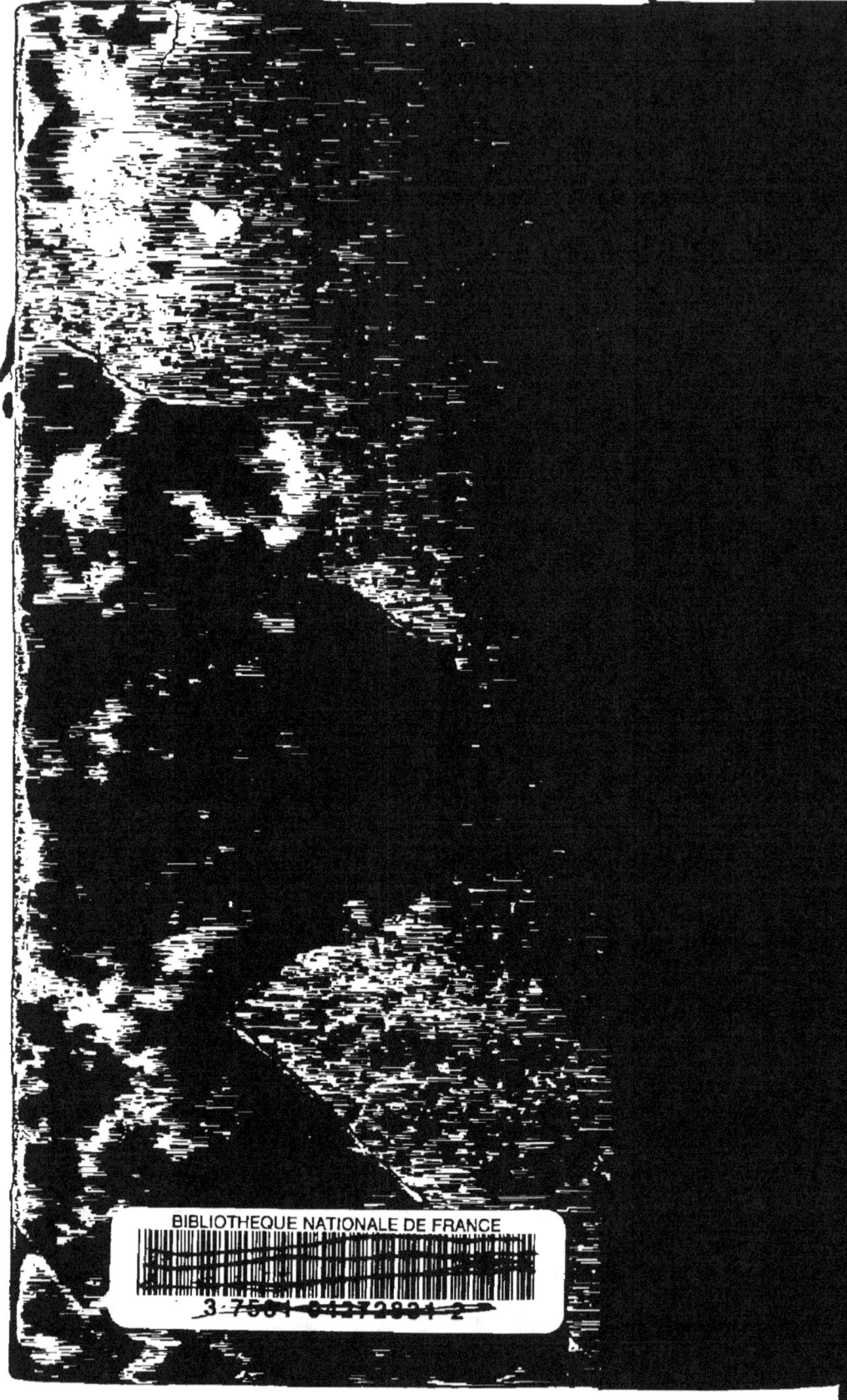

www.ingramcontent.com/pod-product-compliance
Lightning Source LLC
Chambersburg PA
CBHW070841030726
47504CB00005B/1173